KB275592

재미있는
글쓰기 · 독서 여행 2

재미있는
글쓰기 · 독서 여행 2

처음 찍은날 · 1995년 8월 10일
처음 펴낸날 · 1995년 8월 20일
엮은이 · 김영산
펴낸이 · 송영현
펴낸곳 · 살림터
주소 · 121 - 110 서울시 마포구 망원1동 384 - 20
전화 · 3141 - 6553 ~ 4
팩스 · 3141 - 6555
등록번호 · 제2 - 1008호 (1990년 5월 15일)

값 6,000원

ⓒ 김영산. 1995

❖ 잘못된 책은 바꾸어 드립니다.
ISBN 89 - 85321 - 26 - 9
ISBN 89 - 85321 - 24 - 2 (전2권)

어린이와 어른이 함께 떠나요!

재미있는
글쓰기 · 독서 여행 2

김영산 엮음

살림터

차 례

차 례

독후감

　여러분은 이제껏 산만 헤맸습니다. 동굴 입구를 찾아야지요. 그래야 보물을 찾을 수 있죠. 독후감에서 처음 시작을 줄거리로 하는 것은, 동굴 입구도 찾지 못하고 산만 헤매는 것과 같습니다. 일단 독후감의 처음 시작을 느낌, 겪은 일 등으로 시작하면 동굴의 입구는 찾은 셈입니다.

　동굴 입구를 찾았으면, 배낭에다 맛있는 것도 많이 담고, 손전등과 지도를 챙기고 그러세요.

　자, 보물을 찾기 위해 어렵고도 힘든 길을 기쁜 마음으로 출발!

　글이라는 것은 아스팔트 길이 아닙니다. 동굴의 길처럼 구불구불하고 힘겨운 길입니다. 백미터를 달리는 급한 마음이 아니라 오랜 길을 간다는 차분한 마음으로 한발 한발 가 보세요. 그러면 거기엔 기쁨과 보물이 함께 있을 겁니다.

독후감 시작하는 방법

'시작이 반'이라는 말이 있습니다. 글을 쓰려고 마음먹은 그 순간에 이미 글의 대부분은 완성이 된 것이나 마찬가지입니다. 왜냐하면 글을 쓰려고 마음먹을 때, 그 글의 대강을 머릿속에 그려 놓고 쓰기 시작하기 때문입니다. 그래서 글의 시작이 중요합니다. 첫 단추를 잘못 끼우면, 마지막에 가서도 본래 의도에서 벗어나 버리기 때문입니다. 글이란 첫 글자부터 마지막의 마침표에 이르기까지 하나로 연결된 끈과 같아서 제대로 시작하지 않으면 막판에 엉망이 되곤 합니다.

① 「베니스의 상인」 (법에 대한 얘기로 시작하는 경우)

■ 살 한 근과 피 한 방울의 지혜
　—「베니스의 상인」을 읽고

　나는 아직 법원에 가 본 적이 없다. 그래서 재판하는 광경을 한 번도 본 적이 없고, 막연히 죄인들을 재판하는 곳으로만 안다. 그러나 무서운 검사님이 있고, 인자한 변호사님이 있고, 엄하신 판사님이 있다는 것 정도는 알고 있다.

　나는 재판하는 광경을 보진 못했지만, 언젠가 '장발장'이라는 책을 통해서 재판에 대하여 생각해 본 적이 있다. 장발장은 빵 한 조각을 훔치고서 19년이나 감옥 생활을 했다. 그것이 올바른 재판일까? 그 잘못된 재판을 생각할 때, 너무나도 통쾌하고 현명한 포오셔의 재판은 '사람은 법으로만 다스리는 것이 아니라 덕으로 다스린다' 는 사실을 느끼게 해 주었다.

② **「진달래가 된 소년」** (진달래꽃으로 시작하는 경우)

■ 진달래꽃의 슬픈 전설 이야기
　—「진달래가 된 소년」을 읽고

우리 동네 철마산에 봄이 오면 진달래꽃이 만발하다. 그 연분홍 진달래꽃을 보며 나는 그저 아름다운 꽃으로만 여겼다. 그런데 「진달래가 된 소년」을 읽고서 그 아름다운 꽃에 너무도 슬픈 사연이 있다는 것을 알게 되었다.

③ **「그림 없는 그림책」** (달님에 대한 얘기로 시작할 경우)

■ 달님의 선물
　—「그림 없는 그림책」을 읽고

나는 인천 신기촌에 산다. 우리 동네에서는 비교적 달이 잘 보이는 편이다. 하지만 뒷산에 두둥실 떠오르는 달을 보면서도 나는 별다른 느낌을 받지 못했었다.

「그림 없는 그림책」을 읽고 나니, 달이 예전 같지가 않다. 옛날부터 세상 곳곳을 비추면서 수많은 이야기를 알고 있는 달! 여기 나오는 가난한 미술가도 달님을 통해 그림처럼 아름다운 이야기를 듣게 된다. 그 이야기 중에서 몇 가지가 오래오래 가슴속에 남아 있다. 그 중 스물닷새째 날 밤의 이야기는 나에게 가장 많은 부끄러움을 주었다.

♠ 독후감을 잘 쓰려면 (1)

▶ 독후감을 쓰는 방법이 한 가지만 있는 것이 아닙니다.

▶ 수필(자유롭게 쓰는 글)의 한 종류이기 때문에, 자신의 생각과 느낌에 맞는 방법을 선택할 수 있고, 새로운 방법을 만들어내면 더 좋습니다.

> **독후감**이란 책을 읽고 난 뒤의 느낌이나 생각을 쓴 글입니다.
> **감상**이란 '느낌과 생각'이란 것을 알고 있도록 합시다.

◑ 독후감은 느낌을 위주로 적는 것입니다.
　(줄거리보다 느낌을 더 많이)
◑ 느낌을 적으면서 줄거리를 조금씩 섞어
　쓰는 게 좋습니다.
◑ 가장 감동받은 부분의 줄거리를 두세 군데
　적고 자기 느낌도 적습니다.
◑ 자기 생각(의견)을 적고, 주위에서 본 것,
　겪은 것들을 예를 들어 적으면 좋습니다.
◑ 독후감을 쓰게 된 동기는 꼭 필요한
　경우에만 적어 주세요.
◑ 독후감에서도 대화글을 적절히 사용하면
　좋습니다.
◑ 글을 쓰는 데에는 한 가지 방법만 있는
　것이 아닙니다. 그릇의 예와 마찬가지로,
　내용에 따라 방법도 달리 해야 좋은 글을
　쓸 수 있습니다.

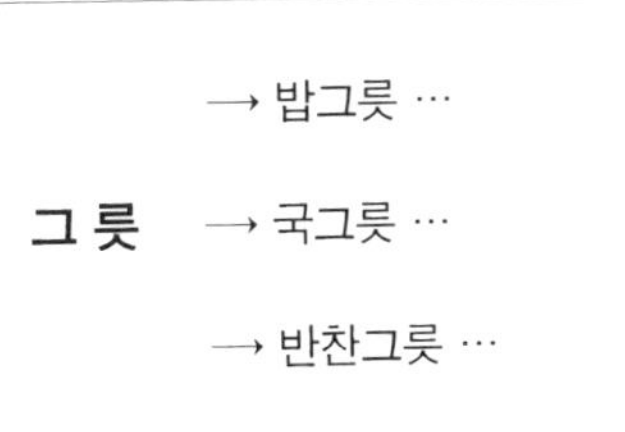

◆ 자신이 새로운 방법을 개발할 경우?

(예)

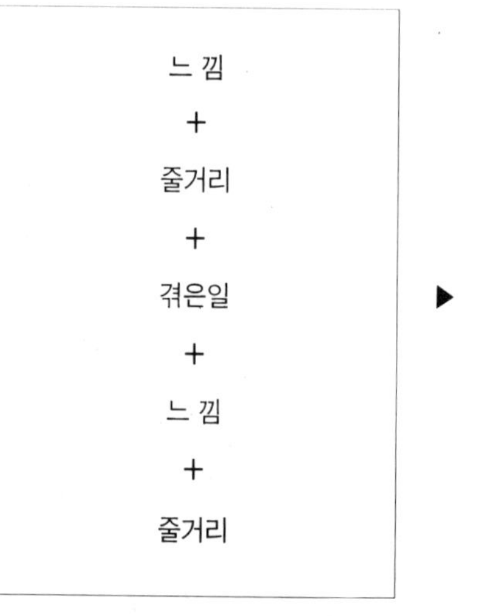

+

♠ 독후감을 잘 쓰려면 (2)

◖ 동시로 쓸 수 있다.

◖ 일기로 쓸 수 있다.

◖ 자기가 겪은 일과 읽은 책을 섞어서……

◖ 느낌 + 줄거리 + 느낌 + 줄거리 + 자기 생각

◖ 동기 + 줄거리 + 느낌

◖ 느낌만으로 쓸 수 있다.

◖ 편지로 쓸 수 있다.

◖ 자신이 새로운 방법을 개발하면 더 좋아요.

♠ 독후감을 잘 쓰려면 (3)

◑ 너무 뻔한 이야기보다 자기만이
  생각할 수 있는 것이 좋아요.
◑ 여러 번 생각하다 보면 좀더 새로운
  생각이 나올 수 있어요.
◑ 너무 다른 사람 흉내만 내지 마세요.

♣ 서툴더라도 자기 생각의 소중함을 알자.

따뜻한 마음
—「몽실 언니」를 읽고

박여경 (대정 국교 5)

아버지께서 작년 새해에 「몽실 언니」라는 책을 사 주셨다. 텔레비전에서도 한 내용이라 매우 흥미있게 읽기 시작했다.

몽실 언니는 나와는 너무 다른 세계에 있었다. 항상 불평하고 투정하는 나와는 다르게 그 고난 속에서 불평 한마디 없이 꿋꿋이 살아간다.

내가 만약 몽실 언니라면 과연 그렇게 해낼 수 있을까?

몽실 언니는 불행한 환경 속에서 절름발이가 되고, 남들에게 업신여김을 당했다. 그러한 일에도 굽히지 않는 점은 내가 정말 본받아야 할 것 같다.

난남이, 영득이, 영순이 모두를 자기 동생으로 여기고 따뜻이 대해 준 점은 몽실 언니의 따뜻한 마음을 알 수 있는 부분이었다.

새아버지에게 사랑 한 번 못 받고, 커서도 남들의 뒷바라지만 해 주어야 했던 몽실 언니……. 하지만 자기가 못 받은 사랑을 동생들과 이웃들에게 나누어 주는 마음은 정말 어느 마음보다 훌륭하다고 생각한다.

사람이 너무 많아 끝이 안 보이는 자선병원에서 아버지도 돌아가시고, 모두 다 떠나도 몽실 언니의 따뜻한 마음은 그 맥을 이어갔다.

지금 남을 따뜻이 도와주는 마음은 사라지고, 자신을 알리기 위해서 남을 돕는 사람들도 있다. 자신보다 어려운 처지에 있는 사람들을 생각하고, 모든 사람들을 진정으로 따뜻이 대해 주어야 할 것이다.

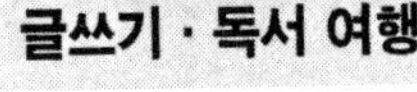

남을 사랑할 줄 모르는 요즘, '몽실 언니'의 따뜻한 마음을 우리 모두가 본달아야 한다고 적었습니다. 그렇습니다. 사랑이 없으면 세상이 얼마나 무서울까요? 박여경 어린이는 글의 내용을 깊게 생각하였습니다. 그런데 부족한 점이 있다면, '몽실 언니'가 괴롭힘을 당하는 장면이라든지, 고생하는 얘기 등을 보여 주었어야 했다는 것입니다. 그랬으면 '몽실 언니'의 사랑이 얼마나 따뜻하고 소중한 것인지가 잘 보였을 것입니다. 또한 박여경 어린이가 '나도 과연 그렇게 해낼 수 있었을까?'라고 한 말도 더 실감이 났을 것입니다.

행운의 숫자 85
―「노인과 바다」를 읽고

김동욱 (승학 국교 5)

우리에겐 85라는 것이 한낱 숫자에 지나지 않지만 산티아고 할아버지에게는 대단한 것이다. 84일 간의 불운은 85일째의 행운을 갖다 주었다. 비록 그 행운이 뼈만 남은 대어로 변했지만.

그의 남다른 끈기, 인내 그리고 집념은 나를 감동시키기에 충분했다. 고기 한 마리에 투자한 시간, 노력, 허비한 체력들은 결국 그에게 아무런 이익도 가져 오지 않았다. 가엾은 할아버지! 상어들이 그 대어를 한 입씩 베어 먹을 때마다 얼마나 안타깝고 가슴 아팠을까?

할아버지에게 제자 한 명이 있었는데, 그 마놀린이라는 소년은 할아버지를 진심으로 사랑하는 유일한 사람이었다. 이 소년은 커서 훌륭한 어부가 될 것 같다. 그 스승의 그 제자일 테니까……

'……상어들이 그 대어를 한 입씩 베어 먹을 때마다 얼마나 안타깝고 가슴 아팠을까? 이 부분에서는 정말 안타까움을 느꼈다.

할아버지에게 제자 한 명이 있었는데…….'

고딕 글자로 된 부분은 원래 김동욱 어린이의 글에 들어 있었으나 필요 없는 말이기에 선생님이 뺐습니다.

☎ **필요 없는 말의 예 :**

어린이들 중에는 '나는', '내가' 등을 반복하는 경우가 많습니다. '이 책', '이 책에 나와 있는 것처럼', '예를 들어' 와 같은 필요 없는 말을 반복하는 경우도 많습니다. '그리고', '그래서', '그러나' 등의 이음말을 사용해 보세요.

또 이미 했던 말을 되풀이하는 경우가 많고, 비슷한 내용을 반복하는 경우도 있습니다. 좋지 않은 습관이므로 고치도록 하세요.

★ 글은 자세하고 꼼꼼하게 적는 게 좋습니다. 글의 핵심이나 내용에 도움이 되는 묘사 등은 자세히 적을수록 좋고, 필요 없는 말은 사용하지 않도록 노력해야 합니다. 보통 글을 쓸 때는 흥분된 상태(기쁜 일, 슬픈 일 등)인 경우가 많은데, 차분히 적어야 좋은 글이 됩니다.

가까이 있는 것이 소중하다

—「토손자와 거북손녀」를 읽고

박래진 (효열 국교 6)

난 「토손자와 거북손녀」를 읽고 깜짝 놀라지 않을 수 없었다. 전에 토끼와 거북이가 달리기 시합하는 것이 생각나서이다.

토손자는 그 때 토끼의 손자이고 거북손녀는 거북이의 손녀이기 때문이다.

토손자와 거북손녀가 싸우고 있는데 참새들이 찾아와 부엉이 할머니께서 병에 걸리셨다는 소식을 전해 주었다. 약초를 찾으러 가는 토손자와 거북손녀를 보고 또다시 놀랐다.

그 전에는 토끼와 거북이는 적으로만 알았다. 하지만 여기 나오는 토손자와 거북손녀는 사이좋게 부엉이 할머니의 병을 낫게 하는 약초를 구하러 약초산에 갔기 때문이다.

땅에서는 토끼가 물에서는 거북이가 자기 능력을 발휘해 약초산으로 갔다. 그러나 결국 허탕만 쳤다. 그 이유는 우리들이 자연을 아끼고 사랑하지 않았기 때문이다.

몸에 좋은 거라면 망설이지 않고 뭐든지 가지려 하는 사람들이 싫다. 그 사람들 때문에 동물과 식물이 앓고 있다. 내가 크면 자연 환경에 대하여 무엇인가 하고 싶다.

토손자와 거북손녀는 허탕을 쳤지만 이런 것을 깨달았을 것이다. 귀한 것은 멀리 있는 것으로만 아는데. 오히려 가까이 있다는 것이다.

나도 소중한 것을 멀리에서만 찾지 말고 가까이에서 찾아봐야지.

글쓰기 · 독서 여행

책 내용의 핵심이 독후감 제목으로 쓰이는 경우가 많습니다. '무엇을 읽고' 라고만 하지 말고 독후감 제목도 지어 보세요. (「가까이 있는 것이 소중하다」는 제목은 선생님이 지은 것임)

달님과의 정다운 이야기
—「그림 없는 그림책」을 읽고

한수정 (관교 국교 6)

나는 처음 이 책을 읽으면서, '에이, 이게 뭐야! 달이 어떻게 말을 해. 아무리 책이라도, 이러나?' 하고 생각했다. 그러나 점점 달이 직접 이야기해 주는 것 같아 조금씩 재미있게 느껴지기 시작했다.

이 책을 읽고 나서 나는 베란다로 나가 달을 찾아보았다. 그 이유는 달이 나에게도 이야기를 해 줄 것 같아서이다.

첫날 밤.

아름다운 아가씨가 등불을 강물에 띄웠다는 대목이 난 너무 궁금했다. 그래서 빨리 책장을 넘겼다. 계속 책을 읽다 보니 그 이유가 나왔다. 바로 등불이 보이지 않게 될 때까지 흘러 내려가는 동안, 불이 꺼지지 않으면 사랑하는 사람이 죽지 않은 것이고, 만약 꺼지면 그 사람은 죽은 것이라는 거였다.

다행히 등불은 꺼지지 않았다.

난 부처님께 기도를 드리며 사랑하는 사람을 생각하는 그녀의 마음에 감명받았다. 나도 커서 그렇게 할 수 있을까?

둘째 날 밤.

암탉과 병아리를 괴롭힌 계집아이가 너무 얄미웠다. 그러나 곧 자기의 잘못을 깨우치고 암탉에게 사과를 하려던 그 아이에게서 배울 것이 많았다. 나는 누구를 괴롭히면 사과를 하지 않는 끈질긴 아이기 때문이다.

다섯째 날 밤.

소년이 용감하게 싸우다가 죽었다는 대목에 슬프기도 하고 안타까웠다. 난 무서워서라도 싸우지 않았을 것이다. 그런데 이 소년은 나쁜 왕을 몰아내며 죽어 가면서도 싸웠다니…….

열세번째 날 밤.

당연히 황새가 동생을 데려온다는 것은 미신에 비유할 수밖에 없다. 하지만 미신이라도 믿는다는 것은 그렇게 나쁘다고 생각하지 않는다. 사람들은 다 자기의 생각이 있는 것이다.

스물닷새째 날 밤.

사람들은 다 직업을 가지고 있다. 그러나 이 소년처럼

굴뚝 청소까지 하면서 사람, 해, 달이 자기를 볼 수 있다고 좋아하는 소년을 보고 난 도무지 이해가 안 되었다. 나 같으면 창피해서라도 그렇게 못했을 것이다.

  하지만 다시 생각해 보면, 일의 보람을 느낀다는 것은 소중한 것 같다.

글쓰기 · 독서 여행

독서를 하고 나서 깨달은 것이 있다면 참으로 소중한 일이지요. 한수정 어린이는 「그림 없는 그림책」을 읽고 '일의 보람'을 느꼈습니다. 하지만 독후감이란 '이러저러하게 느꼈다' 라고 겉으로 드러내기만 하면 다 좋은 글이 되는 것이 아닙니다. 느낌을 표현하는 데에도 여러 가지 방법이 있으니까요. 또 다른 글과 마찬가지로 '처음-가운데-끝' 으로 짜임을 맞추면 더 좋습니다.

사람은 왜 사회를 이루고 사는가
—「사람은 무엇으로 사는가」를 읽고

이동욱 (관교 국교 5)

사람은 왜 사회를 이루고 사는 것일까? 그 이유는 하느님은 사람이 떨어져 사는 것을 원하지 않기 때문이다.

세몬은 하느님께 벌을 받은 미하일을 데리고 와서 지냈다. 처음 왔을 때엔 마뜨료냐가 화를 내다가 세몬이 하는 말에 다시 기분이 좋아졌다. 조금 후, 마뜨료냐가 빵을 내다주니까 미하일은 빙그레 웃었다. 미하일은 첫번째 '사람의 마음속에 있는 것은 무엇인가'를 알게 되었다. 그 답은 사랑이다. 마뜨료냐가 사랑이 없었다면 빵도 주지 않았을 것이다.

1년이 지난 어느 날, 덩치가 큰 신사가 와서 일 년을 신어도 모양이 변하지 않고 실밥이 터지지 않는 신발을 만들라고 하였다. 미하일은 신사의 뒤에 죽음의 천사를 보고 그 신사가 오늘 안으로 죽을 것을 알았다. 그래서 죽는 사람이 신는 슬리퍼를 만들어 주었다. 이 곳에서 미하일은 두번째 말씀을 깨달았다. '사람에게 안 주어진 것은 무엇인가'의 답은 내일을 알 수 있는 힘이 없다는 것이다. 만약 자기에게 필요한 것이 다 있다면, 사회를 이루고 살지 않을 것이다.

미하일이 세몬의 집에 온 지 6년이 지났다. 어느 여인이 쌍둥이 아이를 데리고 왔다. 미하일은 쌍둥이 아이를 알고 있었다. 그의 부모가 죽어서 아이들이 자라지 못하는 줄만 알았는데 다른 사람이 키워서, 세번째 '사람은 무엇으로 사는가'의 답을 알게 되었다. 사람의 마음에는 사랑이 있어서 살아가는 것이다.

미하일은 6년 동안 사람이 되어 3가지를 깨우치고 다시 하늘 나라로 올라갔다.

나는 이 글과 생각이 같다. 사랑이 없으면 사회가 이루어지지 않고, 사회가 없으면 친구도 사귀지 못하니까.

어린이들의 독후감을 보면 흔히 줄거리를 간
단히 요약하고 나서 '나는 이 글을 읽고 이
런 교훈을 얻었다' 라고 끝을 맺습니다. 좋은
독후감은 그 느낌을 겉으로 드러내지 않고도 자신이 얻은 깨
달음을 알려 줄 수 있어야 합니다. 자신의 생활과 책에서 얻
은 교훈을 적절하게 섞어 보는 것은 어떨까요.

원수의 벽을 사랑은 넘을 수 있는가
―「로미오와 줄리엣」을 읽고

박여경 (대정 국교 6)

이 세상에서 가장 비극적이며, 가장 아름답게 피다 시든 것이 바로 로미오와 줄리엣의 사랑이다.

로미오와 줄리엣의 애틋한 감정이 작은 불씨가 큰 불씨가 되듯 커졌다. 그러나 그것은 서로를 위해 죽기까지 하는 비극으로 이어졌다.

과연 서로를 위한 죽음이 진짜 사랑인지, 사랑을 시험하는 건지, 그들의 사랑이 비극으로 이어진 것이 안타깝다.

로미오와 줄리엣 집안은 옛날부터 원수로 지낼 만큼 사이가 좋지 않았다. 그런데 그런 집안 사람들이 서로 사랑을 한 것은 호랑이굴에 뛰어드는 것 같은 무모한 짓이었다.

원수라는 큰 벽을 뛰어넘고 그들은 과연 사랑을 나눌

수 있었을까?

　로미오와 줄리엣은 과감히 그 벽을 넘고 결혼을 했다. 그 결혼은 두 집안의 오래 된 싸움과 불화가 사라지길 원했지만, 그 집안의 불씨가 사라지기까지는 두 사람이 목숨을 내놓아야 했다.

　로미오와 줄리엣은 잘못된 소식으로 인해 서로 목숨을 끊는 비극이 일어났지만, 난 결코 그것을 되돌려 부인하고 싶지는 않다.

　두 사람의 희생이 그들의 고귀한 사랑과 두 집안의 다리 역할을 했으므로…….

박여경 어린이의 독후감은 제목이 좋습니다. 로미오와 줄리엣을 읽고, 그 가문이 원수간이어서 이루어지지 못했던 사랑을 좋은 제목으로 잘 요약하였습니다. 책의 얘기를 마냥 받아들이기만 하지 않고 자기의 의문점을 담아 낸 제목입니다. 정말 원수의 벽을 사랑은 넘을 수 있을까요?

농부의 말 한마디
—「훌륭한 의사」를 읽고

류영보 (관교 국교 6)

나이가 40이 되어서 아이를 낳았다니 애지중지 키울 수밖에 없었을 것이다. 나라도 그랬을 것이니 말이다. 그런데 집안에만 있게 한 건 너무한 짓이다. 일도 시키고 운동도 하여야 살 텐데. 부모의 잘못이라고 말할 수도 있고 하나님의 잘못일 수도 있다. 하나님은 부모에게 아이를 늦게 준 것이 잘못이고, 부모는 너무 상전 받들 듯해서이다.

농부의 일리 있는 말 한마디가 그 사람의 생명을 좌우한 것이다. 그리고 부모의 짧은 생각은 우리에게 좋은 것을 가르쳐 주었다. 나도 이 사람처럼 늦게 애를 낳으면 생각이 깊지를 않아서 이럴 것이다.

농부의 말 한마디는 당연한 소리인데, 부모는 그 농부가 신령이라고 믿었을 것이다. 생각을 깊게 하는 것은 힘이 들까? 그것이 이상하다. 쉬울 것 같으면서도 힘이 드는 것, 그것이 생각인 것 같다.

류영보 어린이의 독후감은 책의 내용을 잘 간파하고 있습니다. 그러나 '농부의 일리 있는 말'이 무엇인지 책을 읽지 않은 다른 사람들은 알 수가 없지요. 독후감에서 줄거리 요약이 필요하다면 바로 이런 데서지요.

사랑의 초과
—「로미오와 줄리엣」을 읽고

김동욱 (승학 국교 6)

사랑이 초과하면 죽기까지 하는구나! 로미오와 줄리엣은 그 예이다. 로미오와 줄리엣은 사이가 나쁜 가문에서 태어나서 이렇게 죽은 것이다.

로미오는 무도회에 변장을 하고 들어가 줄리엣을 만났는데, 그 아름다움에 넋이 빠져 사랑을 고백한다.

몬태규가와 카풀렛가는 옛날에 싸운 일이 있어, 그 두 사람의 희생이 없었으면 화해를 못 했을 것이다.

나는 이 책을 읽고 초과한 사랑에 대해 생각해 보았다. 사랑이 너무 초과한다면 죽을 수 있다는 생각이다. 나는 로미오와 줄리엣에게,

"로미오와 줄리엣, 천당에 가서 잘살고 계시지요? 몬태규가와 카풀렛가는 친해졌어요. 안심하세요."

이렇게 말해서 로미오와 줄리엣의 마음을 기쁘게 해 주

있으면……

김동욱 어린이는 독후감 끝 부분에서 '로미
오와 줄리엣'에게 이야기하듯이 써서 글이
좋아졌어요. 끝부분에 '로미오와 줄리엣에
게' 라고 **편지**를 써도 좋겠어요.

바보스럽지만 용감한 할아버지
—「벌렁코 할아버지」를 읽고

장동균 (효열 국교 6)

벌렁코 할아버지를 읽고 코가 벌렁벌렁거린다는 것을 알고 참 웃겼는데, 나중에 일본 순사들이 잡아가는 것을 보고 무척 슬펐다.

할어버지는 너무너무 불쌍하다. 그 이유는 아들은 일본 순사들의 총에 죽고, 도리어 아내까지 도망가게 되었다. 그 이후 바보가 되어 남에게 놀림을 받았다. 그렇지만 마음속에는 아주 예쁜 꽃 같은 것이 있어 아이들을 위해 유리 조각을 줍고 다녔다. 그 시기는 일제 시대였는데 할아버지는 나라를 독립시키려고 코를 벌렁벌렁거리며 돌아다녔다. 그 때의 할아버지의 마음은 애국심이 대단한 것 같았다.

남몰래 누가 공회당 앞에다 '대한 독립 만세' 라고 써 놓았다. 일본 순사들은 눈을 엄청 크게 뜨며 범인을 찾으러 나섰다. 그 때 할아버지는 감기에 걸렸다. 그것도 잘 된 일이라고 생각한다. 그 때 감기가 안 걸렸다면 할아버지는…… 생각만 해도 끔찍하다.

지금 현재에는 우리 나라가 일본보다 약 10년이 뒤졌다고 한다. 그건 바로 과학과 경제에서 뒤진 것이다. 지금 우리 나라도 힘을 쏟아 나라를 발전시키려고 한다. 우리가 더 발전하려면 미래의 주인인 우리가 벌렁코 할아버지가 나라 독립을 위해 힘쓴 것처럼 열심히 공부하여 일본에 뒤지지 않게 해야 한다. 나 자신부터 솔선수범하여 일본의 발전을 능가해 버릴 수 있도록 하여야겠다.

할아버지는 '대한 독립 만세'라고 쓴 글 때문에 일본 순사에게 그만 잡히고 말았다. 순사들의 손에는 할아버지가 그린 태극기가 들려 있었다. 일본은 "이 악질 분자 놈이가" 하며 말했으나 할아버지는 무슨 뜻인지 모르는 것 같다.

할아버지는 쓰러지면서도 눈길을 불쌍하게 걸었다. 그 때 순사들의 손에 있던 국기는 신기하게 반짝 펄럭이고 있었다. 벌렁코 할아버지…… 아무리 바보라고 이렇게까지 하는 일본 순사들이 정말 밉다.

"할아버지, 제가 열심히 공부해서 우리 나라를 통일시키고, 진짜 일본의 발전을 능가할 수 있도록 할게요."

「파브르 과학 이야기」를 읽고

신호석 (조동 국교 3)

나는 가짜 이야기가 재미 있는데, 쥬르는 왜 가짜 이야기를 싫어하고 진짜 이야기를 좋아하는 걸까? 나는 쥬르가 싫었다.

할머니께서 물레방아를 돌리시면서 아이들을 모았다. 그래서 옛날 이야기를 해 주셨다. 나는 그 책에 들어가서 물레방아를 돌리고 싶다.

다음 이야기를 보니 뽈 아저씨의 개미 이야기가 나왔다. 내가 개미였다면 30분도 안 되어 쉬겠다. 그런데 개미는 어떻게 조그만 몸을 가지고 일을 잘할까? 개미를 칭찬해 주고 싶었다.

또 고양이를 어떻게 실험할까? 나는 고양이가 무섭다. 왜냐하면 배트맨을 보니 고양이가 사람을 죽였기 때문이다.

먼 태양까지 어떻게 갈 수 있을까? 나라면 가다가 포기하겠다. 하지만 우리 아버지께서 로케트 조종사였다면 태양에도 얼마든지 갈 수 있다. 나는 뽈 아저씨가 태양까지의 거리를 하나하나 예를 들어가며 계산하는 걸 보며, 책임감이 강한 사람이라는 걸 알 수 있었다. 그런 점을 본받고 싶다.

독이 있는 거미를 어떻게 관찰했을까? 나는 거미에게 손도 못대고 관찰도 못할 것이다. 뽈 아저씨가 용감한 아저씨라고 생각된다. 그리고 독벌레도 연구하는 아저씨에게 독을 쏘지 않을까 걱정되었다. 나보다 어린 에밀이 독벌레를 관찰하는 걸 보니 나는 너무나 부끄러웠다.

다음 장을 넘기니, 뽈 아저씨께서 살모사를 관찰하고 계셨다. 뱀은 무서운 독을 가지고 있다고 했다. 나는 무서워서 '엄마!' 하고 도망쳤다. 그리고 살모사가 전갈하고 싸움을 하면 어떻게 될까? 나는 살모사를 응원하겠다. 왜냐하면 전갈은 헤라클레스를 죽였기 때문이다.

나는 파브르 아저씨가 안 나오고 뽈 아저씨만 나오는 게 이상했다. 하지만 과학에 대해서 배우니 참 재미있었다. 이 세상에는 너무 신기하고 내가 모르는 게 많다.

호석이는 진짜 이야기보다 가짜 이야기가 재미있다고 하여, 자신의 솔직한 마음을 진짜 재치있게 썼어요.

호석이는 진짜 이야기보다 가짜 이야기가 재

아! 고구려

손슬옹 (인수 국교 4)

일요일 날, 1500년 전 집안 고분 벽화전에 갔었다. 동생과 아빠, 엄마하고 갔다.

나는 우리 나라가 중국까지 있다는 것을 새로 알게 되었다. 아, 우리 나라가 작은 나라가 아니었다는 것을 알았다. 나는 진짜로 옛날에 용이 있었을 줄 몰랐다. 옛날에는 완전히 괴물 세상이었을까?

"아, 이제 나오구나."

"해신, 달신 말이예요."

"세상 살다 보니 별일도 다 보네."

옛날 조상들은 그림을 잘 그렸다는 것을 알았다. 나는 그게 제일 감동받았다.

"해해해."

나도 무덤에 한 번 들어가 봤다.

"오와와."

"대한 사람 대한으로 잘 그렸다."

나는 그림을 좀 잘 그린다고 뽐을 냈지만, 이 무덤을 보니깐 나하곤 쨉도 안 된다.

옛날 조상들은 상상을 잘했다는 것을 알았다.

또 내 친구 김영환이라는 애가 있는데 그 아이는 씨름을 잘한다. 옛날 사람하고 하면 누가 이길까?

나는 집에 돌아왔다. 그 곳을 매일 가 보는 방법이 없을까?

달의 신   해의 신

44

이 글은 '그림 감상문' 입니다. 슬옹이는 독서 감상문에서도 그림을 자주 그리는 편인데, 그림을 그릴 때는 꼭 필요한 경우에만 그리면 좋겠지요. **그림**을 곁들이니까, 아주 좋은 감상문이 되어 더 실감납니다.

슈바이처를 읽고

김성희 (문창 국교 6)

사랑을 실현한다고 말한다면 사람들은 픽 웃고 지나치겠지만, 사랑한다는 것은 하늘에 별 따는 일만큼이나 고되고 힘드는 일이다. 그러나 20세기 성자 슈바이처는 그 일을 해내고야 말았다.

의학 박사에 신학 박사인 슈바이처가 왜 그렇게 고된 일을 하러 아프리카로 떠났을까? 그것은 오직 인류에 대한, 생명에 대한 '사랑' 때문일 것이다. 이렇게 훌륭한 슈바이처는 목사의 아들로 태어나 어릴 적부터 거짓이 없고 가난한 사람을 보면 무척 괴로워했다. 아마 슈바이처는 태어날 때부터 52년간 무지와 질병 속에서 힘든 일을 하라고 태어났나 보다.

"모든 생명의 존귀함을 알고 그것을 아끼고 사랑할 줄 알아라." 하고 부르짖은 슈바이처. 그는 지금 이 세상에 없지만 그가 52년간 보여 준 사랑의 정신은 길이길이 교훈이 되어 남아 있을 것이다.

　나도 이제는 슈바이처를 본받아 괴테의 시처럼 살아야
지…….

　사람이여 고상하게 되어라.
　동정이 많고 선량하게 되어라.
　그럴 때만 사람은
　우리가 아는 모든 생물과
　구별되는 것이다.

(이오덕 엮음, 『이사 가던 날』에서)

김성희 어린이는 독후감 끝부분에 **시**를 곁들
여 아주 좋은 글이 되었어요.

진달래꽃의 슬픈 전설 이야기
―「진달래가 된 소년」을 읽고

박정훈 (대정 국교 5)

우리 동네 철마산에 봄이 오면 진달래꽃이 만발하다. 그 연분홍 진달래꽃을 보며 나는 그저 아름다운 꽃으로만 여겼다. 그런데 「진달래가 된 소년」을 읽고서 그 아름다운 꽃에 너무도 슬픈 사연이 있다는 것을 알게 되었다.

왕의 부패한 정치 때문에 소년과 누이동생은 행복하게 살지 못하고 죽었다.

소년은 원래 신체가 건강하고 늠름한 멋진 청년이었다. 임금은 속으로 '만약, 이런 용사를 하나쯤 얻을 수 있다면 어떤 적인들 두려우랴. 든든한 내 세상이 되는 거지. 아무도 내게 대항하지 못할꺼야.' 라고 생각했다.

그래서 소년에게 왕은 자기와 한 편이 되면 나라 땅 절반을 주어 평생 부귀 영화를 누리게 해 주겠다고 유혹하였다. 하지만 소년은 유혹에 빠져들지 않고 거절하여 의

로운 죽음을 맞게 되었다.

　내가 만약 그 때의 소년이었다면 그런 행동을 할 수 있을까?

　용기 있는 소년이 끌려가면서 흘린 붉은 피가 진달래꽃이 되었다.

박정훈 어린이의 독후감은 너무 짧아서 자신의 느낌을 잘 보여 주지 못하고 있습니다. 용기 있는 소년의 죽음이 진달래꽃이 되었다는 얘기를 좀더 많이 생각해 보고 글을 써 보세요. 그러면 책에서 얻는 교훈이 더 많아질 것입니다.

살 한 근과 피 한 방울
—「베니스의 상인」을 읽고

박여경 (대정 국교 6)

「베니스의 상인」이라는 유명한 소설을 눈앞에 두고 희망과 기대에 부푼 마음으로 첫 장을 넘겼다. 내가 예상했던 것 이상의 만족감을 느꼈다.

샤일록은 매우 교활한 유태인이었지만, 안토니오는 성실한 사람이었다. 그러나 샤일록에게 돈을 꾸면서 살 한 근을 건 것은 매우 무모한 짓이었다. 인간의 한 치 앞을 그 누구도 알지 못하기 때문이다.

안토니오는 그 돈을 주지 못하고 살 한 근을 떼어야 했다. 아! 그 무모한 짓이 사람의 운명도 바꿔 놓는구나. 안토니오의 행동이 너무 안타까웠고, 샤일록이 교활하게 느껴졌다.

그러나 포셔가 '살 한 근은 베어도 피는 한 방울이라도 나오면 안 된다' 라는 것을 내세워 샤일록과의 판결에서

통쾌하게 이겼고, 죽음의 순간까지 갔던 안토니오의 목
숨을 살려냈다. 그야말로 포오셔의 지혜가 한 사람의 운
명 또한 바꿔 놓은 것이다.

　살 한 근을 아무리 요령 있게 베어도 피가 한 방울이라
도 나오지 않을 수는 없다. 포오셔는 바로 이 점을 안 것
이다. 이 얼마나 지혜로운 일인가?

　난 포오셔의 이런 지혜를 본받고 싶다. 또 친구를 위해
살 한 근까지 내 놓았던 안토니오의 참된 용기와 우정도
함께 본받고 싶다.

　앞으로는 끝까지 잘 생각해 결정하고 교활한 짓으로 남
을 속이지 않아, 서로가 서로를 믿는 밝은 세상이 되었으
면 좋겠다.

이 글은 제목을 잘 지었습니다. 「베니스의
상인」이 얘기하는 가장 중요한 내용을 잘 보
여 줍니다.

달님의 선물
—「그림 없는 그림 책」을 읽고

정영호 (승학 국교 6)

나는 인천 신기촌에 산다. 우리 동네에서는 비교적 달이 잘 보이는 편이다. 하지만 뒷산에서 두둥실 떠오르는 달을 보면서도 나는 별다른 느낌을 받지 못했었다.

「그림 없는 그림책」을 읽고 나니 달이, 예전의 달 같지가 않다. 옛날부터 세상 곳곳을 비추면서 수많은 이야기를 알고 있는 달! 여기 나오는 가난한 미술가도 달님을 통해 그림처럼 아름다운 이야기를 듣게 된다. 그 이야기 중에서 나는 몇 가지 이야기가 오래오래 가슴속에 남아 있다.

그 중 스물닷새째 날 밤의 이야기는 나에게 가장 많은 부끄러움을 주었다.

굴뚝 속에서 그을음, 숯검정 등을 줍다가 굴뚝 밖을 나와서 기뻐한 그 아이. 나는 그 아이보다 잘살고 있지만 그래도 아직 어떤 점을 부족해 한다.

또 스물일곱째 날 밤의 이야기도 그렇다. 친구 없이는 모든 것을 해결하지 못하는 나. 그런데 나와는 정반대로 여기서 나오는 백조는 친구들과 떨어져서도 자기가 갈 길을 갔다.

그리고 둘째 날 밤의 이야기는 나를 깊은 생각에 잠기게 했다. 이 이야기에 나오는 여자 아이는 정말 동물을 사랑할 줄 안다. 그 앤 일부러 닭을 놀라게 하려고 한 것도 아니었다. 그리고 동물에게 잘못했다고 그러려 하다니, 나는 밤에 고양이들에게 돌을 던지는데…….

이제 나는 굴뚝 청소를 하는 소년, 백조, 그리고 그 여자 아이를 본 받아서 행복한 것을 알고, 혼자 모든 일을 할 수 있도록 노력하고, 동물을 사랑하겠다.

글쓰기 · 독서 여행

이 글의 가장 중요한 이야기 중의 하나는 '다섯째 날 밤' 이야기입니다. 다시 한 번 읽어 보고 선생님의 말씀을 들어 본 후, 독후감을 써 보세요.

독후감을 잘 쓰려면
먼저 글의 핵심을 알아내야 합니다.

♠ 독후감이란 말 그대로 '책을 읽고 난 후의 느낌'을 쓴 글입니다. 따라서 책의 내용(핵심)을 제대로 알고 있지 못하면 결코 좋은 독후감을 쓸 수 없습니다. 마치 곤충에 대해 연구하는 생물학자가 연구 논문을 쓸 때 곤충을 모르면 할 수 없는 것과 마찬가지입니다. 책을 어느 정도로 이해하였느냐에 따라 독후감의 수준을 가늠할 수 있습니다.

◆ **아무리 애를 써도 잘 이해할 수 없는 책이면……?**

♠ 자주 달려 본 사람이 지치지 않고 잘 달리듯이
책도 자주 읽어 본 사람이 잘 이해합니다.

♠ 처음 읽고 이해가 안 되면 반복해서 읽고,
선생님(부모님)과 대화를 나누고,
자꾸자꾸 여러 번 책을 읽도록 합니다.

◆ 글의 핵심을 알려면……보아야 할 예문들

(1) 「오세암」

▷ 중심 생각 : 마음의 눈

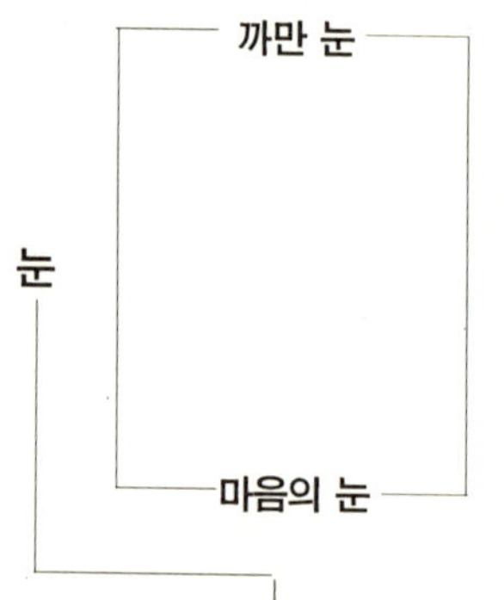

♠ 사람에게는 까만 눈이 있고,
또 마음의 눈도 있어서
마음이 깨끗하면 무엇이든
잘 보인다는 걸 알았다.

♠ 까만 눈으로는 잘 보이지 않는 것도
마음의 눈으로는 잘 보인다.

♠ 마음의 **눈**이란……?

① 깨끗한(순수한) 마음.

② 남을 생각하는 마음.

③ 어렵고 힘든 일(삶)을 이겨나갈 수 있는 마음
(인내의 마음).

(2) 「바보 이반」

▷ 중심 생각 : 이반은 과연 바보인가

♠ 착함과 성실함은 결코 바보가 아니다.

형 : 성급함. 꾀. 노력하지 않고 쉽게 얻으려 함.
　　자기들을 똑똑하다고 믿고 꾀를 부림.
　　→오히려 바보.
이반 : 묵묵히 자기 일을 해감(성실성).
　　　일과 땀방울의 의미를 알 것.
　　　성실하고 부지런함.
　　　→오히려 똑똑함.

♠ 진짜 지혜로운 사람은 꾀만 부리고 게으른 사람이
아니라, 부지런하고 성실한 사람이다. 왜냐하면 어떤 일
도 한순간에 이루어지지 않기 때문이다. 꾸준히 노력하
는 사람만이 자기의 꿈을 이룰 수 있다.

(3) 「사냥꾼과 구두쇠」

▷ 중심 생각 : 협동의 중요성

♠ 서로 협동을 해야 능력이 커진다. 아무리 어려운 일도
서로 힘을 합치면 이겨낼 수 있다.

사냥꾼과 구두쇠

김진규 (승학 국교 4)

핵심은 바로 협동이다.

사냥꾼, 나는 새, 천리안 등이 자기 재주만 펼치려고 했었으면 천리향을 이기지 못했을 것이다. 예를 들어 '농구 대잔치'에서 옆 사람에게 찬스가 생겼는데, 골대에서 먼 위치에 있는 줄 알면서도 무리를 해 슛을 하는 등 자기 재주만 펼치다가 다른 팀에게 패배를 당하는 경우가 있다.

만약 서로 도와주며 협동을 한다면 다른 팀의 키가 크거나 슛, 드리볼을 잘하는 선수가 있다 해도 반드시 이길 수 있다.

천리향과의 달리기 대결도 천리안의 눈, 사냥꾼의 활솜씨, 나는 새의 달리기가 협동이 되지 않았더라면 그들은 10년이라는 긴 세월을 머슴살이로 살았을 것이다.

나는 실제로 협동을 해야 이긴다는 것을 알게 된 적이

있다.

우리 국민학교는 옆에 있는 국민학교와 축구 경기를 하게 되었다. 첫 시합이었지만 우리 학교의 짐작은 대승리였다. 왜냐하면 우리 학교는 전에 축구를 많이 배운 학생들만 축구팀으로 들어갔기 때문이다. 그러나 짐작과는 달리 우리 학교는 3대 0이라는 어처구니 없는 대패를 맛보아야 했다.

내가 집에 와서 곰곰이 생각해 보니 협동을 안 했다는 점이 패배의 가장 큰 원인이 되었다고 생각되었다. 우리는 서로 자기가 골을 넣으려고 자기 지역을 지키지 않았고, 수비도 공격만 하려고 하니 대패당하는 것은 당연했다.

이 책의 교훈은 '백지장도 맞들면 낫다' 라는 속담처럼, 협동을 해야 더 쉽고 빠르고 편하게 일을 끝낼 수 있다는 것이다.

다음부터는 무슨 일이든 공평하게 자기의 실력을 최대로 발휘하기 위해 서로 협동을 해야 겠다.

첫 구절을 '핵심은 바로 협동이다'라고 썼습
니다. 시작을 너무 성급하게 하지 말고 차분
히 써 보세요.

세발 강아지의 선택

유은영 (관교 국교 6)

눈 내리는 날 하얀 강아지 다래가 주인인 태라 아버지
의 차에 깔려 세발 강아지가 된다.. 그래서 구두닦이 철이
네 집에서 복실이란 이름으로 살게 된다. 하지만 태라가
철이 친구인 용식이를 꾀어 복실이를 찾게 되자 둘은 복
실이에게 판결을 맡긴다. 결국 복실이는 철이네 집을 택
한다는 내용이다.

나는 복실이가 철이네 집을 택한 이유는 사랑에 있다고
본다. 태라네 집은 고기와 달걀을 먹지만 사랑이 메말랐
다. 철이네 집은 된장국에 밥을 말아 먹어도 사랑이 넘치
기 때문에 택했다고 생각한다.

또 복실이에게서 나는 자신감을 배웠다. 강아지도 시련
을 극복하고 미래로 나가는데 정상인인 나는 너무 노력
을 하지 않은 것 같다.

이 사회가 어떻게 하다 이렇게 됐는지 모르겠다. 강아

지도 하나의 생명인데 차로 치어 놓고 그냥 가버린단 말
인가. 더 심한 경우는 사람을 치어 놓고도 뺑소니를 치는
사람들이다. 내 친구도 교통 사고로 다리를 다쳤는데, 친
구 부모님은 치료비와 안부 묻기를 원했다. 하지만 타박
상으로 고생하는 친구에게 안부 전화도 안 온다고 한다.
　나는 이 세상에서 일이 잘 안 된다고 절망하지 않고, 내
일이 있다라고 생각하여 더욱 노력하며 살겠다.

지나친 사랑
—「훌륭한 의사」를 읽고

한수정 (관교 국교 6)

사람이란 존재는 먹고 노는 것이 아니다. 아이들은 공부를 하고 어른들은 일을 하여 돈을 벌어 오신다.

이렇게 사람들은 힘든 일을 하면서 살아 가는 것이다. 그런데 이 아들은 놀고 먹고 힘든 일을 해 보지 못하고 죽을 뻔하였다. 그것이 다 부모님의 지나친 사랑 때문일 것이다.

글쓰기 · 독서 여행

글을 꼭 길게 써야 좋은 건 아닙니다. 이처럼 짧은 글도 책의 핵심을 정확히 얘기해 좋은 독후감이 되었어요.

영원한 사랑
— 「로미오와 줄리엣」을 읽고

김지선 (가정 국교 4)

　로미오와 줄리엣이 사랑하고 죽으면서도 사랑을 영원토록 애원하는 것에 제일 감동받았다.

　왜 집안끼리 원수가 되고 사랑하는 연인들을 결혼하지 못하게 했을까? 성경에는 '원수를 사랑하라'고 했는데. 이 두 가정은 용서할 수 없을 정도로 왜 미워했을까?

　용서하지 못함으로 그들의 자녀들을 결국 죽음으로 몰아 갔는데…….

　줄리엣이 창가에서 달빛을 보고, 로미오에 대한 사랑을 아름다운 말로 고백하였을 때 로미오가 감동받아 서로 아름다운 말로 사랑을 고백하는 것이 참 인상 깊었다. 나도 커서 이성적 사랑을 하면 이렇게 아름다운 말로 사랑을 표현할 수 있을까?

하느님은 왜 사람에게
모든 능력을 주지 않았을까?

음기범 (관교 국교 5)

사람들은 왜 모여서 살까? 그것은 하느님이 서로 모여 살아가기를 원했기 때문이다.

이 세계 사람들도 모두 모여서 산다. 그리고 가족이 있다. 고아원에 있는 아이들도 가족은 없지만 서로 모여서 산다.

천사 미하일은 하느님의 말씀을 듣지 않아서 벌을 받아, 사람에 대해 세 가지를 알아 오라는 벌을 받게 되었다.

첫째는 사람의 마음속에는 무엇이 있는가? 둘째는 사람에게 안 주어진 것은 무엇인가? 셋째는 사람은 무엇으로 사는가? 이 세 가지이다.

첫번째 물음의 답은 사랑이다. 우리들은 부모님의 사랑을 모두 받고 산다. 그리고 우리가 해달라면 가능한 것은

모두 들어 주신다. 그만큼 부모님은 우리들을 사랑하신
다.

두번째 물음의 답은 사람은 자기 몸에 필요한 것이 무
엇인지 알 수 있는 힘이 주어지지 않은 것이다. 나는 여
기서 화가 난다. 하느님이 우리에게 모든 능력을 주셨으
면 얼마나 좋을까? 아마도 우리 모두 서로 같이 살지 않
아도 될 것이다. 하느님은 아마 우리가 모여 살기를 원했
기 때문에 모든 능력을 다 주지는 않으셨을 것이다.

세번째 물음의 답은 사람은 사랑으로 살아가는 것이다.
우리 모두가 미움으로 살면 모두 미워하고 서로 헐뜯을
것이다.

사랑이 참 중요하다고 생각된다. 우리가 모두 사랑하고
살면, 우리의 모든 능력이 있는 것과 같을 것이다.

끝부분의 '우리가 모두 사랑하고 살면, 우리
의 모든 능력이 있는 것과 같은 것이다' 라고
한 점은 책의 핵심을 제대로 이야기한 것입
니다.

거짓 없는 아이
—「오세암」을 읽고

조남욱 (구월 서 국교 6)

부처님은 정말 있는 것일까? 책을 읽으며 난 이런 의문에 잠겼다.

5살짜리 순박한 아이 길손이는 장님인 누나 감이와 함께 스님 덕택에 절에서 생활을 하게 된다. 길손이는 문둥병에 걸린 스님이 살았다는 골방에 들어가 그림 한 폭의 보살님을 엄마로 삼았다.

그것은 나로서는 상상도 하기 힘든 일이었다.

'어떻게 그림을 엄마로 삼지?'

길손이는 20일 동안 암자에서 양식도 없이 목탁을 치며 보냈다. 그러나 나의 성급한 판단일까? 길손이의 말은 엄마가 젖도 주었다고 하였는데, 그 엄마는 분명히 그림일 텐데……

스님은 흰 소복을 입은 여자가 부처님이란 것을 알았

다. 스님은 길손이가 순수한 마음, 즉 거짓이 없어서 부처님이 되었다는 것이었다.

길손이가 죽자 큰 기적이 일어났다. 첫째는 꽃비가 내린 것이고, 둘째는 감이가 눈을 뜬 것이다. 이때 감이의 마음은 어떠했을까?

나도 이제부터 길손이 부처님을 본받아 거짓 없이 살아가야 하겠다. 계속 거짓 없이 살아간다면 나도 부처님이 될 수 있겠지…….

어린이다운 호기심이 있어 좋습니다. 그림이 어떻게 엄마가 되고, 젖을 주는지는 당연한 궁금증일 테니까요. 조남욱 어린이는 길손이가 죽고 나자 꽃비가 내리고 감이가 눈을 떴는데, 그 때 감이의 마음은 어떠했을까라고 궁금해했습니다. 궁금해하지만 말고, 그 마음이 어땠을까를 나름대로 생각해 보는 것이 중요합니다.

순수한 마음의 나이 어린 부처님
—「오세암」을 읽고

음기범 (관교 국교 5)

나이 어린 부처님 길손이는 순수한 마음과 강한 마음 때문에 부처님이 되었던 것 같다. 눈이 먼 감이 누나와 함께 남들에게 구박을 많이 받았는데도 조금도 부끄럽지 않게 생각한 강한 마음이 있었다.

나는 조금만 누구한테 꾸중을 들으면 창피하고 부끄러운데 길손이는 그런 것은 모르고 강한 마음으로 산다. 그리고 얼마나 순진하면 바람이 보인다고 생각했을까?

그렇지만 나는 스님이 더 훌륭하다고 생각된다. 길손이가 스님한테 버릇 없는 말을 했어도 스님은 웃으시면서 대답을 해 주셨다. 나는 아마 버릇 없는 놈이라고 혼내 주었을 것이다.

길손이의 순수한 마음, 강한 마음과 스님의 너그러운 마음을 본받고 싶다.

길손이가 순수한 마음과 강한 마음 때문에 부처님이 되었다는 생각은 좋습니다. 그러나 '나는 스님이 더 훌륭하다고 생각한다'는 구절에서는 앞의 내용과 일치하지 않는 것 같군요. 좋은 글은 일관되게 얘기를 써야 합니다.

애국자, 매국자
—「두 사람」을 읽고

김진규 (승학 국교 5)

「두 사람」을 읽으면서 일제 시대의 우리 나라 형편을 상상해 보았다.

책에 나온 것처럼 우리 나라 국민들은 일본인들에게 억압을 당했을 것이다.

나는 책을 읽으면서 일본인들을 정말 두들겨 버리고 싶었다. 만약 그 시절에 살았더라면 일본이 우리에게 했던 것처럼 몇 명이라도 때려 눕히고 싶다.

현재 우리 나라보다 훨씬 잘사는 나라가 된 일본인에게 배울 점도 있다고 생각하지만 책을 읽으면서 일본이 미워졌다.

가장 나쁘게 생각하는 인물은 준이다. 왜냐하면 같은 민족인데도 한국인들을 억압했기 때문이다.

외타베 선생이 점박이를 마구 팰 때는 선생이 깡패 같

았다. 그리고 점박이가 집을 떠날 때는 정말 불쌍하고 슬
펐다.

나중에 우리 나라가 해방이 되었을 때는 뛸 듯이 기뻤
고, 우리 나라 사람들이 일본기를 마구 찢을 때는 속이
후련했다. 나 말고도, 그 때의 사람들은 일본의 쇠사슬에
서 풀려 났으니 하늘을 날아갈 듯이 기뻤을 것이다.

우리가 해방되면서 못살게 되었던 일본이 세계에서 부
강한 나라가 되었다는 것이 나에게는 놀라운 일이다. 다
른 나라를 이기려면 힘으로 이기는 것보다는 경제 기술
로 이겨야 된다는 것을 깨달았다.

지금부터 노력하여 훌륭한 사람이 되어 우리 나라를 발
전시키겠다.

글 속에서 '나'라는 단어는 적게 쓸수록 좋
습니다. 왜냐하면 자기가 쓰는 글에서 '나
는……생각한다'와 같은 문장은 반복이기
때문입니다.

어른이 된 피터
—〈후크〉를 보고

이동우 (인천 교대 부속 국교 5)

피터팬은 어른이 되어 있었다. 그래서 자기가 피터팬인지도 모른다. 피터팬은 결혼하여 아이도 있는데, 후크가 피터팬 아이를 데리고 갔다.

요즘에도 후크가 있나? 아이고 무서워! 후크쯤은 내가 혼자서 해치울 수 있다는 생각을 해도 정말 무섭다. 어린 피터팬은 후크를 어떻게 물리쳤을까? 나도 실력을 쌓으면 후크는 혼자서도 해치울 수 있을 것이다. 피터팬처럼 날 수 있었으면 얼마나 좋을까?

"아휴."

하며 한숨이 나왔다.

그러나 어른이 된 피터팬은 겁장이였다. 난 여기서 생각이 바뀌었다. 피터는 이런 사람이 아닌데 하며 원망했다. 정말 피터팬이 원망스러웠다.

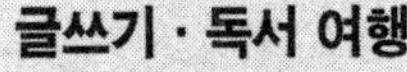

글쓰기 · 독서 여행

이 글은 영화 감상문인데, 앞에서는 '피터팬 처럼 날 수 있으면 얼마나 좋을까'라고 하고 선 뒷부분에선 '정말 피터팬이 원망스러웠 다'고 했습니다. 피터팬이 겁장이였다고는 하지만 영화의 마지막 부분에서는 다시 옛날의 피터팬으로 돌아오잖아요? 그러니까 이동우 어린의 글은 꼼꼼하지 못합니다. 영화의 이러저러한 내용을 대충이나마 정리하고 나서 자신의 느낌을 써 보세요.

「토손자와 거북손녀」를 읽고

한수정 (관교 국교 6)

자기가 누굴 도와주면 도움 받은 사람이 자길 도와주는 것은 당연하다. 부엉이 할머니가 토손자의 아버지가 편찮으실 때, 밤에 천도 복숭아를 구해다 주셨기 때문에 토손자는 구명초를 찾으러 나선 것이다.

만약 토손자가 자기 일이 아니라고 해서 구명초를 찾으러 나서지 않았더라면 의리 없는 토손자가 되었을 것이다.

나는 누가 나를 먼저 도와주어야지만 그 사람을 도와준다. 그렇지만 도덕 시간에 그러면 안 된다는 것을 깨닫게 되었다.

토손자는 거북손녀와 함께 약초산으로 구명초를 찾으러 갔다. 노루 아저씨를 만나 구명초가 여기 없다는 소리를 들었다. 읽으면서 가슴이 덜컹 내려앉았다.

'구명초를 찾지 못하면 어쩌지?'

하는 생각뿐이었다. 그러나 구명초가 어디 있는지 알고
부터 안심하였다.

토손자는 의리를 지키긴 하지만 진정한 의리가 아니라
고 생각된다. 부엉이 할머니께서 자기 아버지를 구해 주
었다는 생각을 까먹었을 땐 도우려고 하지 않았기 때문
이다.

누가 자기를 도와주었다고 해서 그러는 것은 진정한 의
리가 아니라고 생각한다.

글쓰기 · 독서 여행

이 글의 제목은 평범하기만 합니다. 다음부
터는 '……를 읽고'라고 하지 말고, 책을 잘
요약할 수 있는 제목이나 자신의 느낌을 표
현할 수 있는 제목을 써 보세요.

「아픔으로 크는 나무」를 읽고

박래진 (효열 국교 5)

아기 소나무는 엄마 소나무 그늘을 떠나 커다란 저택의 뜰 안으로 옮겨졌다. 아기 소나무 옆에는 향나무 아저씨, 해바라기, 아기 소나무를 감싸고 있는 나팔꽃이 있다.

가을은 고향을 생각나게 한다. 아기 소나무는 잘 운다.

겨울에는 감나무, 단풍나무, 모과나무가 이별이 아파서 운다. 아기 소나무는 크리스마스가 되자 트리로 쓰이기 위해 향나무와 이별을 한다.

이별은 슬픈 것이다. 이별은 누구나 다 겪고 슬퍼하는 것이다. 정이 들면 떨어지기 힘든 것이다. 정이라는 것은 도둑, 강도보다도 무서운 것이다. 내가 하나님이었으면 이별이란 슬픔은 만들지 않았을 것이다.

글쓰기 · 독서 여행

'정이라는 것은 도둑 · 강도보다 무서운 것이다' 라는 생각이 놀랍습니다. 하지만 글이 좀더 길었으면 더 좋은 글이 되었을 것입니다.

땀 나도록 노력하는 게 사랑을 받는 것이다
ㅡ「훌륭한 의사」를 읽고

김진형 (승학 국교 3)

노부부는 너무 지나치게 아들을 사랑했다. 물론 사랑하는 것은 죄가 아니다. 그러나 일도 안 시키고 아무거나 사 준다는 것은 사랑해 준다고 하는 뜻이 아니다.

사랑해 주는 것은 귀여워해 주고 무엇을 사 주는 것도 있지만, 그것보다는 공부를 가르치고 운동을 가르치는 일이 사랑해 주는 것이다.

나는 학교에서 자기 자리 청소를 하려고 할 때 일하기 싫어서 쓰레기를 남에게 보냈는데, 이 책을 읽으니 건강이 아주 위대하다는 것을 알았다.

그리고 이 농부는 운동을 안 해서 소년이 병이 든 것을 알았다. 마당에 있는 돌을 치우는 것은 햇빛 아래서 치우는 것이라 안성맞춤이 될 것이라는 것도 생각했을 것이다.

나도 이 농부처럼 지혜롭고 슬기로운 사람이 되겠다.

김진형 어린이의 글은 제목과 내용이 서로 어긋나 있군요. 본문에서는 지혜로운 사람이 되겠다고 하고선 제목은 '……사랑을 받는 것이다' 라고 했으니까요.

포오셔의 지혜로운 판결
—「베니스의 상인」을 읽고

이동우 (인천 교대 부속 국교 4)

　나는 「베니스의 상인」을 읽으면서 깜짝 놀랐다. 포오셔가 샤일록에게 피 한 방울도 흘리지 말고 안토니오의 살 한 근을 베어 가라고 했을 때, 그 지혜에 정말 감동했다.

　왜 샤일록같이 나쁜 사람이 있는지 곰곰이 생각하다가 어머니께 물었다.

　"엄마, 이 세상에 왜 도둑이 있을까요?"

　"응, 그건 대학 시험에서 떨어져 신경질이 나서 도둑질을 하는 것 같아."

　"도둑질을 하면 경찰에게 잡힐 텐데?"

　나는 이런 생각들이 자꾸만 들었다. 이런 생각을 끔찍하게 하면서 책을 다 읽었는데, 다 읽고 나니 어디서 도둑이 나올 듯했다.

　또 이런 생각을 했다. 만약 도둑이 오면 나도 포오셔처

럼 지혜를 써서 쫓아내겠다. 내 생각은 더욱더 끔찍해지
기만 했다.

글쓰기 · 독서 여행

짧은 글이지만, 책의 내용을 잘 요약했고 자
신의 느낌도 잘 썼습니다.

땀흘려 일한 댓가
—「훌륭한 의사」를 읽고

김진규 (승학 국교 5)

　노부부는 자기의 아들을 너무 아끼는 바람에 일을 시키지도 않았다. 아들의 병은 바로 이 때문이었다.

　농부가 아들의 병을 어떻게 고칠까 궁금했는데, 농부가 아들을 고친 것을 보고 왜 병이 들었는가까지 모두 알게 되었다. 다만 '의사들이 많이 왔어도 아들의 병을 몰랐는데 농부는 병을 어떻게 알았을까?' 하고 생각했다.

　나는 보통 학교에서 힘든 일이 있으면 하지 않으려고 하는데, 내 생각과는 달리 오히려 일을 해야 운동이 되어 건강하다는 것을 알았다. 책을 읽고, 운동을 하면 물론 건강해지지만 짜증 내면서 하면 아무런 효과를 얻을 수 없는 것도 알았다.

　이제부터는 사람들이 힘든 일이라고 생각하는 것도 보람차고 건강하게 되는 일이라고 생각하며 열심히·해야겠다.

전설의 섬 파랑도
—「파랑도」를 읽고

김진형 (승학 국교 3)

할머니는 지금, 죽은 사람은 파랑도로 가는 것이라고 생각한 것 같다.

생각해 보니 할머니 말씀이 옳다면 파랑도가 저승인 것 같다. 그러나 사실 파랑도가 아니고 이어도인데 파랑도로 표현을 했으니, 파랑도가 진짜 있을 것이라고 믿는다. 이어도가 있는 것 같아서이다.

그러나 아마 파랑도가 없는 것 같기도 하다. 왜냐하면 여러 세계 어느 지도에도 파랑도가 안 나왔기 때문이다.

할머니는 남편이 죽은 다음에는 남편이 파랑도에 갔다고 하고, 둘째 아들이 죽은 후에는 파랑도에서 잘산다고 하고, 고모가 죽은 뒤에는 고모도 아주 잘산다고 하니 할머니는 분명히 파랑도가 있다고 생각하는 게 나타난다.

이 책을 읽고 나니 이 할머니는 전설을 자주 믿고 있는

것 같다. 사람들은 파랑도를 전설이라고 믿으니, 할머니
가 파랑도가 있는 것을 믿기 때문에 할머니는 전설을 믿
는 것과 같다.

전설 이야기는 많기 때문에 나는 여러 사람의 의견처럼
파랑도는 없을 것이라고 믿는다.

나도 나중에 죽어 봐서 파랑도가 있나 없나 직접 확인
하겠다.

글쓰기 · 독서 여행

두번째 문단의 내용이 어색하군요. '…… 했
으니, 파랑도가 진짜 있을 것이라 믿는다.
이어도가 있는 것 같아서이다'란 문장은 정
확하지 않습니다. '…… 했으니' 까지를 한 문장으로 하고 그
다음을 또 한 문장으로 나누었으면 어땠을까요?

**사람들이 보통 생각하는 것이
틀린 경우도 있습니다 !**

흔히 사람들이 옳다고 믿고 있는 일이
때로는 정반대인 경우도 있고,
조금씩 다른 경우도 있습니다.
한 가지를 보더라도
여러 가지 관점에서 보려고 노력해야 합니다.

(예)

■ 베니스의 상인
→ 샤일록은 무조건 나쁜 사람인가 ?

■ 로미오와 줄리엣
→ 로미오와 줄리엣의 사랑은 무조건 아름다운가 ?

♠ 독후감을 잘 쓰려면 알아 두어야 할 방법

읽은 책이 여러 권이거나,

여러 가지 얘기를 묶은 것일 때

◗ **삼국지** (여러 권으로 이루어진 책)

전개 : 도원의 결의 → 삼고 초려 → 적벽대전

→ 위 · 촉 · 오 (삼국)

방법 (1) : 몇 가지 중요한 줄거리를

기본 뼈대(골격)로 잡아 쓸 것.

(가장 감동받은 부분,

무엇인가 얘기하고 싶은 부분 등)

방법 (2) : 유비의 정성(삼고 초려),

제갈공명의 지혜 등,

어느 한 부분만을 통해서 전체 글을

보여 주는 방법.

◗ **그림 없는 그림책** (여러 이야기로 이루어진 책)

죽음
백조 이야기 　→ 　여러 이야기 중에서
굴뚝 청소 소년 　감동받은 이야기 몇 가지를
가지고 쓸 수 있음.

성급한 사랑
—「로미오와 줄리엣」을 읽고

박수정 (가정 국교 4)

이 이야기는 양보심 없는 어른들의 싸움 때문에 이루어지지 못한 사랑 이야기다.

로미오는 아름다운 외모만 보고, 먼저 사랑했던 사람도 잊고 줄리엣을 사랑하게 되었다. 로미오의 너무 성급한 마음이 사람을 쉽게 죽이고, 그 일로 더욱 원수 집안이 되어 헤어지게 되었다.

그러나 좋은 신부님을 만나서 일이 잘 되어갈 것 같았는데, 신부님과 로미오가 연락이 잘 안 되어서 로미오와 줄리엣 둘 다 죽게 되는 이야기다.

우리 속담의 '소 잃고 외양간 고친다'처럼 두 사람이 죽은 다음에 서로 화해하지만 무슨 소용이 있을까? 사람이 죽었는데, 어리석은 부모들이다. 나도 어느 사람을 사랑하게 되면 잘 살펴보고 이런 실수는 하지 말아야지.

글쓰기 · 독서 여행

똑같은 글 내용을 가지고 생각이 다를 수 있습니다. 남들이 쉽게 생각하는 뻔한 이야기보다「성급한 사랑」처럼 자기만의 새로운 생각이 더 좋은 독후감을 만듭니다.

유비의 정성과 적벽대전
―「삼국지」를 읽고

박래진 (효열 국교 5)

유비, 관우, 장비는 의형제다. 결국 모두 다 죽지만 의형제는 나라를 위해 싸우다 죽었다. 유비는 나라를 위해 자식을 죽였다. 의형제는 관우, 장비, 유비 순으로 죽었다.

지식이 많은 것으론 제갈공명, 조조, 유비 등이 많았다.

나는 유비가 제갈공명을 세 번 찾아간 것을 보고 깜짝 놀랬다. 서서가 알려 준 대로 찾아갔다. 첫번째는 새벽 일찍 나가 못 만났다. 두번째는 아침에 친구 만나러 가서 못 만났다. 세번째는 찾아가니 낮잠을 자고 있었다. 유비는 뒷마루에 꼿꼿이 서 있었다. 반나절이 지나서야 공명이 일어나 유비를 만났다.

유비가 공명을 세 번 찾아간 것에서 모든 일은 정성을 다해야 된다는 것을 알게 되었다. '큰 일을 하려면 정성을 다해야 한다.' 유비는 여러 나라를 통일할 결심으로 이렇게 생각했을 것이다.

나는 어떤가? 나는 정신없이 모든 일을 한다. 하지만 이제부터 모든 것을 정성스럽게 하도록 노력하겠다.

「삼국지」엔 이와 같이 여러 가지 일이 일어난다. 그 중 적벽대전은 유명한 이야기다. 적벽대전에서 제갈공명의 뛰어난 지혜를 볼 수 있다. 안개 낀 날 짚으로 덮은 배 스무 척을 가지고 화살 10만 개를 얻은 것. 자신이 죽을 날까지 알고 있다. 「삼국지」에 나오는 사람 중에서 그 누구도 제갈공명을 따를 수 없다고 생각한다. 나도 커서 제갈공명 같은 지혜를 가졌으면……!

애국심?
―「삼국지」를 읽고

임지현 (관교 국교 6)

"의형제!"

이런 말을 들으면 사람들은 모두 좀 어색해 할 것이다. 바로 이 책에서의 유비, 관우, 장비도 그러한 사람들이다. 처음에는 서로 어색해하면서도 점차 싸움과 의리를 통해 이겨 내는 점도 배워야 할 것이다. 또한 부모님께의 효도, 형제간의 우애, 나라에 대한 충성심과 애국심도 말이다.

또 조조의 꾐에 빠져서 다시 뒤쫓아갔으나 잡지 못한 유비는 정말 끈기 있고 의리 있는 사람이다. 우리는 이 적벽대전에서 무엇을 배울 수 있을까? 자기 자신의 목숨을 마치 아이스크림이나 과자 봉지처럼 마구 버리듯 쉽게 내놓는 점이다. 난 이해가 안 된다. 하나밖에 없는 생명, 부모님이 낳아 주신 몸을 왜 마구 버리는지…….

이 책을 읽고 나서 '인간의 생명과 애국심을 과연 바꿀
수 있을까?' 하고 생각해 보았다.

글쓰기 · 독서 여행

끝부분의 '인간의 생명과 애국심을 과연 바
꿀 수 있을까?' 라고 한 점은 아주 좋은 생각
입니다.

철의 대왕을 울린 나무 아이
—「먹을 수 있는 궁전」을 읽고

유빛나 (연수 국교 3)

어리석은 공주에게

어리석은 공주야, 안녕?

나는 유빛나야. 우리 선생님께서 들려주시는 이야기를 듣고 네 이름을 이렇게 지었어. 기분 나쁘다고? 하지만 정말 네가 어리석다고 느껴졌기 때문이야.

피터가 말한 대로 네가 왕에게 먹을 수 있는 궁전을 만들어 달라고 했을 때, '나도 그런 궁전이 있었으면 얼마나 좋을까?' 하고 부러워했어.

하지만 먹을 수 있는 궁전에서 네가 혼자 살면서 밥은 안 먹고 초코렛, 비스켓 등을 먹으면서 군것질을 하는 모습은 바보처럼 느껴졌어. 왜냐하면 편식을 하면 충치나 소화가 안 되는 병 등 여러 병에 걸린다는 것을 난 알고 있었거든.

네가 거울 속의 네 모습을 보고 이상한 귀신이 나타났
다고 했을 때, 왕은 여러 의사를 불러 병을 고쳐 주셨지.
너의 병을 고치지 못할 줄 알았는데, 정말 다행이야. 나
도 전에는 충치가 생겨서 아팠지만 병원에 가서 치료를
했어. 또 군것질을 많이 해서 배탈이 난 적도 있었어. 음
식 골고루 먹어서 영양분을 섭취해야 돼.
　훌륭한 사람이 되어서 다시 만나자.
　만날 때까지 그럼, 안녕.

1994. 8. 19.

빛나가.

생 명

신미정 (문창 국교 6)

오늘은 독수리 5형제를 보았다. 독수리 5형제 중 제 1호가 있다. 독수리 1호와 3호가 나쁜 놈을 죽이기 위해서 독수리들이 타는 비행기에서 내렸다.

나는 1호와 3호가 죽이는 나쁜 놈이 가여웠다. 특히 1호가 죽이는 나쁜 놈은 더욱더 가여웠다. 왜냐하면 독수리들이 발로 생명을 다치게 하며, 날카롭고 무서운 톱날 같은 것이 날아 가면서 인간을 죽였다.

아무리 적이라도 그렇지, 같은 인간끼리 그렇게 비참하게 죽이다니 정말 독수리들이 너무도 미웠다.

앙리 뒤낭은 적을 치료하신 분이다. 독수리하곤 비교가 안 되는 것 같다. 그리고 우리 선생님께서는 아이들을 때리시는 것도, 아니 벌을 세우는 것도 마음이 아프시다고 하사는데 독수리들은 정말로 인정도 없는 사람인가 보다.

지구를 위해서 싸우는 것은 좋다. 하지만 인간을 그렇게 비참하게 죽이고도 자기가 잘난 것같이 떡 버티고 서 있는 것이 우스웠다. 비록 만화지만, 나는 독수리 5형제를 매일 보지만, 오늘처럼 뜻 있게 본 적은 없다. 오늘은 정말로, 아니 조금이도 생명에 대해서 좀 알겠다.

(이오덕 엮음, 「이사 가던 날」에서)

글쓰기 · 독서 여행

많은 어린이들이 독수리 5형제를 용감하다고 여기지만, 신미정 어린이는 생각이 달라서 오히려 좋은 감상문이 되었어요.

「세모돌이의 웃음」을 읽고

이창우 (연수 국교 1)

엄마께서 「세모돌이의 웃음」이란 책을 사오셨다. 세모돌이? 나는 세모돌이라는 말이 궁금했다.

책을 읽다 보니 '세모돌이' 라는 말의 궁금증이 금방 풀렸다. 세모돌이는 머리가 세모꼴이어서 '세모돌이' 라는 별명을 가졌다.

세모돌이는 불쌍한 아이다. 엄마 아빠도 없고, 집도 없고, 그래서 보육원에서 산다.

어느 날, 계영이와 세모돌이는 학교 뒤 등나무 밑으로 갔다. 계영이는 세모돌이한테 잘해 주니까 참 좋은 아이다. 세모돌이와 계영이는 크게 웃었다.

나도 세모돌이처럼 불쌍한 아이를 보면 잘해 주겠다. 그리고 머리나 얼굴이 못생긴 친구가 있어도 놀리지 않겠다.

마지막 문장에서는 어린이다운 순수함이 잘 드러납니다. 하지만 '세모돌이'에 대한 얘기가 너무 적어서 '세모돌이와 계영이'가 왜 웃었는지 모르겠군요. 다시 말하면, 책의 내용을 잘 요약하지 못했다는 것입니다.

남을 도우며 살아야지
—「야구빵 장수」를 읽고

김진규 (인수 국교 4)

우리 집 가훈이 될 만한 중요한 교훈을 얻었다.

「야구빵 장수」라는 책을 읽고 '이성남'이라는 빵 장수를 존경하게 되었다. 속으로 '와! 그런 사람이 세상에 몇이나 될까?' 하며 감탄했다.

나는 야구 시합이 끝나자 이성남을 좋아하게 되었는데, 이성남 때문에 살아온 부인의 말을 듣고 깊은 감명을 받았다.

이성남은 자기 가정 형편도 어려운가 본데 알지도 못하는 사람을 위해 큰 어려움을 이겨 내며 석 달이나 빵을 대신 팔아 줬다. 나 같으면 생각도 못했을 것이다.

이성남이 만약에 부자였다면 불우 이웃 돕기에 꽤 많은 돈을 낼 것이다. 그리고 나중에 훌륭한 어른이 될 것이다.

이성남과 나를 비교해 보았다. 이성남은 가난한 사람을 도왔고 나는 동무들과 길가에 앉아 있는 거지를 놀린 적이 있다. 문득 부끄러워진다.

이제부터는 가난한 사람을 도와야겠다.

글쓰기 · 독서 여행

어린이들의 독후감을 보면 흔히, '나는 이 책을 읽고서……' 라고 합니다. 김진규 어린이도 첫 문장에서 이 말을 썼더군요. 그러나 자기가 쓰는 글에서 '나는' 이란 말은 필요가 없습니다. 때문에 선생님이 이 말을 뺐습니다. 다시 한 번 생각해 보세요.

야구빵 장수

이동우 (인천 교대 부속 국교 5)

　야구빵이라는 제목이 참 궁금했다. 그래서 읽어 보았는데, 야구빵이라는 이름이 빵을 팔면서 야구 노래를 불러 그렇다고 했다. 나의 궁금증은 금세 없어졌다.

　어느 날 야구 시합을 하였는데, 성남이 때문에 야구 시합을 이겼다. 그리고 얼마 후 할머니가 찾아와 성남이를 칭찬하며 눈물을 흘렸다.

　눈물을 흘리는 것을 상상하니 나도 눈물을 흘릴 뻔하였다.

　성남이는 모르는 사이에 사람을 도우려고 빵 장수를 한 것이다. 그리고 성남이는 남을 위해 빵도 팔고 도와주는데, 나는 내 밑에 있는 창우도 도와주지 못해서 부끄럽다.

　이제부터 남을 돕고, 공부도 열심히 하겠다. 그리고 사회를 위해 좋은 일을 해야지.

글쓰기 · 독서 여행

글쓰기 · 독서 여행

이 글에는, 책에서 궁금한 것을 발견하여 그
걸 알아내려고 하는 것이 보입니다. 좋은 태
도입니다.

바다 속의 신비한 미지의 세계
―「해저 2만리」를 읽고

김진규 (인수 국교 4)

「해저 2만리」라는 책을 보고 신비스럽고 재미있고 놀라웠다.

아로낙스 박사가 링컨호를 타고 괴물의 정체를 알려고 할 때 정말 궁금하고 흥미 진진했다.

링컨호는 괴물의 반격으로 박살나고 함장 페러것과 승무원들이 행방불명됐지만 주인공이기도 한 아로낙스 박사와 콩세유, 네드만은 살아난다. 나는 그들이 살아서 간신히 뭍으로 올라온 줄 알았는데, 괴물의 등이어서 깜짝 놀랐다.

나는 처음에 괴물이, 이야기로 듣던 이빨이 크고 날카로우며 입에서 불을 뿜는 전설 속의 괴물인 줄 알았다. 그런데 링컨호와 싸울 때 대포를 맞아도 끄떡 없고 네드의 고래창을 맞아도 끄떡 없어서 이상했다.

괴물의 정체가 노틸러스호라는 잠수함이라는 것을 알
고 더욱더 놀랐다. 왜냐하면 국적을 알 수 없는 잠수함이
었기 때문이다. 그리고 세 명은 그 잠수함의 포로가 되었
는데, 잠수함의 네모 함장은 별로 나쁜 사람은 아닌 것
같았다.

노틸러스호의 규모에 크게 놀라고, 현재 이렇게 우수한
잠수함은 없을 거라고 생각했다. 그리고 만드는 데 상당
히 많은 날이 걸릴 거라고 생각했다. 이 책을 읽으며 내
가 주인공이 된 듯 홀딱 빠져 버렸다. 여기에 나오는 것
들은 아직도 발견되지 않은 신비로운 것들이었다.

맨 끝에서 아로낙스 박사 등 세 명은 잠수함에서 탈출
하여 기적적으로 도망쳤다. 그러나 네모 함장의 노틸러
스호가 완전히 터져 버리지는 않았을 것이라고 믿었다.
나는 신비한 바다 속을 구경하고 싶다는 생각과 모험심
을 갖게 되었다.

글쓰기 · 독서 여행

책에서 느낀 흥미 진진함을 잘 표현했습니
다. 자신의 느낌과 책의 내용을 골고루 섞어
가면서 독후감을 읽는 사람으로 하여금 「해
저 2만리」의 재미를 느끼게 합니다. 잘 썼습니다.

마음의 눈
―「오세암」을 읽고

김건동 (관교 국교 5)

마음의 눈이란 무엇일까?

동욱이에게 물어 보니 동욱이는,

"내가 어떻게 아냐? 니가 알아서 해!"

이 책을 읽기 전에는 마음의 눈이 무엇인지 몰랐다. 다 읽었는데도 마음의 눈이 무엇인지 잘 모르겠다. 좀더 생각해 보니 순수한 마음과 남을 생각하는 마음과 강한 마음이 있어야 마음의 눈을 뜨는 것 같다.

길손이가 마음의 눈을 떴을 때 가장 감동을 받았다.

만화책에서 마음의 눈을 뜬 사람들은 기적이 일어났다고 했다. 내가 생각하기에는 별로 어렵지 않을 것 같다. 하지만 사람들은 피나는 노력을 해야 한다고 한다.

길손이를 화장시켰을 때 감이 누나가

"저 연기 좀 붙들어 줘요……."

라고 할 때 감이 누나가 너무 불쌍했다.

부처님이 된 길손이가 죽었을 때 참 안타까웠다.

나도 순수한 마음과 남을 생각하는 마음과 강한 마음이 있어서 마음의 눈을 떠 사람들에게 존경받고 싶다.

글쓰기 · 독서 여행

「오세암」에서는 많은 재미있는 표현이 나옵니다. '눈이 바다보다 넓게 내린다' 랄지, 스님을 보고 '머리에 머리카락씨만 뿌려져 있는 사람' 이라고 합니다. 또 '바람의 손자국, 발자국' 이나 '물초롱 속에 구름을 넣어서' 등 재미있는 말이 많습니다. 책을 읽을 때는 이런 표현에도 신경을 써 자기 느낌을 써 보세요.

삼국지와 영웅 호걸들
—「삼국지」를 읽고

김진규 (인수 국교 4)

아, 「삼국지」에 나온 영웅 호걸들은 나와 달리 죽음을 두려워하지 않고 최후까지 싸운다. 나는 아무리 생각해도 겁장인데. 무기 싸움에서 최고 13합 동안만 싸우다가 기권을 했기 때문이다. 그렇지만 모든 호걸들이 진짜로 훌륭하다고 말할 수 없다. 왜냐하면 사람을 죽이기 때문이다.

그 중 '유비'라는 인물은 사람을 죽이지만 나는 그 사람이 훌륭하다고 생각한다. 그 이유는 유비는 효성이 지극하며, 그에게 죽음을 당하는 자는 나쁜 사람이기 때문이다.

「삼국지」에서 가장 똑똑하다고 생각하는 사람은 '제갈공명'이다. 그는 '적벽대전'이라는 싸움에서 한 척에 불을 질러 옆에 있는 배까지 모두 타버리게 하는 작전을 세

웠다. 그리고 조조군의 화살 10만 개를 공짜로 얻었던
일도 있었다.

　나는 이 책으로 인간의 도리와 의리를 깨달았다.

글쓴이는 '나는 이 책에서 인간의 도리와 의
리를 깨달았다' 라고 했습니다. 그 내용이 무
엇인지가 잘 나타나지 않는군요. 그리고
'나' 란 단어는 가능하면 쓰지 마세요.

못생긴 아기 오리
—「미운 오리 새끼」를 읽고

이창우 (연수 국교 2)

울창한 숲속의 호수에 오리들이 모여 놀고 있습니다.

그런데 백조가 오린지 알고 오리 동네에 와서, 다른 오리가 못생겼다고 하였습니다. 오리가 커서 보니까 예쁜 백조가 되었습니다. 백조가 아기 때 사냥꾼이 몰려와 총을 쏘아 두 마리 기러기가 물풀 위에 떨어져 죽었습니다. 나는 그 기러기를 보고 불쌍하다고 생각했습니다.

못생긴 오리는 엄마가 없나 봅니다. 엄마가 있으면 오린지 백존지 알았을 텐데, 엄마가 없어서 백존지 몰랐겠지요.

'엄마가 없어서' 아기 오리는 백존지 오리인 지를 몰랐다고 했습니다. 재미있는 표현입니 다. 독후감에서도 남들이 생각하지 못하는 느낌이 있을 때 좋은 글이 됩니다.

세발 강아지의 선택
―「세발 강아지」를 읽고

김건동 (관교 국교 5)

세상에서 제일 중요한 것이 사랑과 목숨이라는 것을 알게 되었다.

만일 운전사와 태라네 아버지에게 조금만이라도 사랑이 있었더라면 다래는 세발 강아지가 되지도 않았을 것이다. 철이와 '자애병원' 원장 선생님이 아니었더라면 다래는 어떻게 되었을까?

나는 운전사와 태라네 아빠에 대한 분노가 치밀었다.

'만약 자기가 교통 사고를 당했으면 어떠했을까? 살려 달라고 애원했겠지.'

'누가 죽인다고 하면 마음이 슬프겠지. 다래는 온갖 고통을 겪으며 살아났는데…….'

태라는 다래가 없어졌을 때, 얼마나 슬펐을까? 나도 6살 때, 뽀미라는 강아지가 있었다. 뽀미는 무척 귀여웠

다. 할아버지께서 밖에 나가시면서 모르고 문을 닫고 가
지 않으셔서 뽀미가 밖으로 나가 없어졌다. 누나와 나는
뽀미가 없어져서 한참 동안 울었다.

그 날부터,

'밥은 잘 먹고 있을까? 아니면 개도둑에게 붙잡혀 갔을
까?'

늘 그 생각뿐이었다.

태라가 용식이에게 돈을 주면서 다래라는 강아지를 찾
아 달라고 했다. 그 때 태라는 무척 얄미웠다. 왜냐하면
태라는 뭐든지 돈으로 해결하려고 하니 말이다.

태라는 결국 다래를 찾았지만 철이와 석이가 다시 다래
를 빼앗아 도망가다가 어느 아저씨에게 붙잡혔다. 그 아
저씨가 때리려고 하자 할머니 한 분이 가로막으면서 철
이 얘기를 들어 보자고 했다. 철이가 얘기를 하자 태라는
거짓말이라고 했다. 서로 자기네 개라고 우겨서 강아지
이름을 불러 보라고 했다.

"다래야! 나한테로 와야 해, 다래야……."

"복실아! 나를 따라와야 해, 복실아……."

이 때는 무척 긴장이 되었다. 다래는 얼마나 슬펐을까?
둘 다 친절한 주인인데 누구를 선택할지. 결국은 석이에
게로 갔다.

태라는 그래도 자기네 개라고 우겼으나 태라네 아빠가

와서 옛날에 있었던 일을 설명하자 태라는 실망을 하며 석이에게 강아지를 주었다.

태라가 갑자기 불쌍했다. 아빠가 잘못했는데 태라까지 피해를 보니 말이다.

복실이는 시집을 가서 강아지 세 마리를 낳았다. 철이 네 식구는 크리스마스 선물로 강아지를 '자애병원' 원장 선생님, 스웨터 공장 아줌마, 태라에게 주었다.

선물로 주는 강아지는 엄마랑 살지 못해서 얼마나 슬플까?

요즈음은 자기 목숨을 아끼고 사랑하면서 남의 목숨을 파리 목숨처럼 여긴다. 나도 위험한 일이 있으면 남을 시킨다. 하지만 이 책을 읽고 나니 생각이 달라졌다.

나는 주위에서 장애자를 보면 친구들과 함께 병신이라고 얘기한다. 하지만 장애자도 꿋꿋이 살아갈 수 있다고 느꼈다. 이제부터라도 아픈 사람을 놀리지 않겠다. 그리고 하찮은 동물일지라도 생명이 있기 때문에 귀하게 여겨야 되겠다.

김건동 어린이는 책의 내용을 잘 이해하고 있습니다. 제목도 '세발 강아지의 선택'이라고 하여 자기가 읽은 책을 잘 설명할 수 있습니다. 잘 썼습니다.

숱한 고생 끝에 만난 어머니
—「엄마 찾아 삼만리」를 읽고

김진규 (인수 국교 4)

마르코는 엄마가 아르헨티나로 떠나기 전에 아마 엄마에게 효도를 했을 것 같다.

엄마가 떠난 후, 어머니를 찾아 그 먼 3만 리나 되는 곳까지 간 마르코는 어머니를 얼마나 그리워했는지 알 수 있다.

그 넓은 남아메리카에서 아무리 어려운 고비도 헤치면서 마침내 병이 든 어머니를 만나게 되었다. 3만 리라는 먼 거리를 걸어 드디어 어머니를 만나게 된 것이다.

나는 마르코가 어머니와 만나는 곳에서 큰 감명을 받았다.

1만 킬로미터나 되는데다가 숱한 어려움이 섞여 있는 고행의 길을 무사히 간 이유는 물론 이웃의 도움도 컸지만 어려운 일이 있어도 포기하지 않고 어머니를 찾아야 된다는 결심이 굳었기 때문이라고 생각한다.

마르코에 비해 나는 어떤가? 비교해 보면 저절로 고개가 숙여진다. 어머니에게 속을 썩혀 드린 일이 많이 있었기 때문이다.

이제부터는 마르코처럼 어머니에게 효도해야겠다.

글쓰기 · 독서 여행

느낌과 자기 생각은 잘 적었어요. 그러나 가장 감동받은 부분에서 자세하게 적지 않으면 좋은 독후감이 되지 않아요.

세발 강아지의 선택
—「세발 강아지」를 읽고

박래진 (효열 국교 5)

모든 것은 사랑으로 산다는 것을 느꼈다. 아무리 하찮은 동물이라도 생명이 귀한 것을 깨달았다.

태라 아빠와 운전수 아저씨에 의해 다래는 버려졌다. 태라가 다래를 찾아 나섰다. 죽어 가는 다래를 철이가 돌보아 주고 있었다. 다래는 태라와 철이 중 선택을 해야만 했다. 결국 철이를 선택했다. 부자인 태라네 집보다 비록 가난하지만 따뜻한 사랑이 있는 곳을 택했다.

난 여기에서 하찮은 강아지 한 마리 때문에 태라와 철이가 싸운 것을 보고 여태까지 느끼지 못했던 따뜻한 사랑을 느꼈다. 그것은 생명을 사랑하고 소중하게 여기는 따뜻한 마음이다.

이제부터 개미 한 마리의 목숨도 나의 목숨처럼 소중히 여기겠다.

비록 짧은 글이지만 책의 핵심을 잘 간파하였습니다. 그런데 자기 느낌을 좀더 자세하게 썼으면 좋았을 것입니다.

「15 소년 표류기」를 읽고

김진형 (인수 국교 2)

브리앙과 드니펜이 너무 원수 같았다.

그런데 배가 침몰한다고 생각했는데 육지로 왔다. 또 그 자크가 줄을 풀은 것을 고백할 때, 내가 브리앙이라면 완전히 때린 것도 너무나도 쌌다.

이 소년들이 섬에서 뉴질랜드로 갈 때까지 어려운 여행을 참은 것에 너무 감명받았다.

그리고 아군과 적군이 싸울 때는 난 완전히 실망했다. 왜냐하면 내가 좋아하는 칼싸움을 안 하고 총 싸움을 한 것이다.

또 내가 좋아하는 전쟁은 승리하는 것이 아니다. 이길려 그러면 봐주고 해야지 정정당당한 싸움이 되는데 너무 싱겁게 이겨 실망했다.

그런데 나는 자크가 배의 줄을 풀었는데도, 소년들이 무사히 뉴질랜드로 온 것은 희망과 용기 때문에 온 거라고 생각된다.

나도 커서 이 책처럼 재미 있는 여행을 했으면 좋겠다.

글쓰기 · 독서 여행

김진형 어린이는 이 책을 읽고 실망을 했다고 합니다. 그런데 그 이유가 올바르지 않군요. 자기는 칼싸움을 좋아하는데, 책에서는 총싸움을 해서 너무 싱겁게 끝이 났기 때문이라구요. 책은 자기의 느낌과 다를 수 있지만, 생각이 달랐다고 해서 책이 잘못된 것은 아니죠.

외로운 섬에서 꿋꿋하게 산 소년들
—「15 소년 표류기」를 읽고

김진규 (인수 국교 4)

여기서 나오는 소년들은 모험심 많고 용기 있는 소년들 같다.

소년들이 침몰하려는 배를 타고 있다가 간신히 섬에 도달했을 때, 희미한 희망을 버리지 않고 꿋꿋하게 살아가려는 소년들. 나는 여기에서 큰 감명을 받았다. 특히 기억에 남는 것은 드니펜이 표범한테 당할 때 브리앙이 위험한데도 구하려고 덤벼들었을 때였다. 친구끼리의 우정과 용기에 나는 가슴이 뭉클했다.

결국은 '고생 끝에 낙이 온다'는 속담이 맞는지 한 가닥의 희망이 커져 꿈에도 그리던 뉴질랜드로 갈 수 있게 되었다.

이들 중에서 만 8, 9살밖에 안 되는 아이들까지도 힘을 합쳐 살아가서, 무사히 약 이 년이나 살아갈 수 있었던 것 같다.

　이 소년들이 외로운 섬에서 살 수 있었던 것은 희망을 잃지 않고 꿋꿋하게 살았기 때문이다. 그래서 그 곳에서의 많은 어려움을 이겨 내고 뉴질랜드로 돌아갈 수 있었을 것이다.

글쓰기 · 독서 여행

용기와 희망이 소년들을 뉴질랜드로 갈 수 있게 했다는 김진규 어린이의 생각이 좋습니다. 짧은 글이지만 책의 내용을 잘 이해하고 있습니다. 하지만 좀더 길게 써 보는 것은 어떨까요.

사랑이 많고 용기가 많은 할아버지

―「벌렁코 할아버지」를 읽고

김건동 (관교 국교 5)

감동을 많이 받았다. 특히 벌렁코 할아버지가 아이들을 사랑하는 마음에서. 할아버지를 사람들은 미친 사람으로 취급하지만 속으로 보면 사랑이 많은 사람이다.

벌렁코 할아버지가 유리 조각을 줍고 천막 속으로 들어갈 때는 사람들은 유리 조각을 어디다가 쓰는지 몰랐다. 그 이유는 아마 아이들이 다칠까 봐 그런 것 같다.

아이들이 할아버지를 놀리고 돌멩이를 던져서 이마에 피가 나는데도 화를 내지도 않았다. 그 때 나는 책 속으로 뛰어들어가 아이들을 때려 주고 싶었다. 할아버지는 아이들을 사랑해서 그런 것 같다.

벌렁코 할아버지는 공회당 앞에 '대한 독립 만세' 라고 써 놓았다. 아마도 일본이 우리 나라 말도 빼앗고 우리 나라 사람들을 괴롭혀서 그런 것 같다.

그 때는 우리 나라가 일본보다도 힘도 약하고 문명도 발달하지 못했다. 지금도 우리 나라가 일본보다 과학도 발달하지 못했고 일본이 힘도 세고 우리 나라보다 잘산다.

우리가 일본보다 앞서 가기 위해서는 낭비하지 말고 지금부터 공부를 열심히 해야겠다. 나는 일본을 앞지를 거라고 다짐했다.

제목이 웃겨서 재미있는 얘기인 줄 알았는데, 다 읽어 보니 참 슬프고 감동스러웠다.

글쓰기 · 독서 여행

'나는 그 때 책 속에 들어가 아이들을 때려 주고 싶었다'는 표현이 좋습니다. 자신의 느낌을 생동감 있게 잘 드러내 보여 줍니다. 독후감에서도 새로운 표현이 있으면 글이 좋아집니다.

자, 여러분이 찾는 보물은 무엇이었나요 ?
독후감 잘 쓰기였나요 ?
아닙니다.
좋은 책을 읽어 글쓰기를 통해
깨달음과 감동을 얻는 데 있습니다.

▶ 사람들은 혼자 살 수 없어서 사회를 이루었고,
（「사람은 무엇으로 사는가」）

▶ 마음의 눈을 떠야 본래의 모습이 보입니다.
（「오세암」）

▶ 또 우리 민족 · 인류가 힘들여 걸어온 길을
알아야 나한테 주어진 길을 갈 수 있습니다.
（「몽실 언니」）

논설문

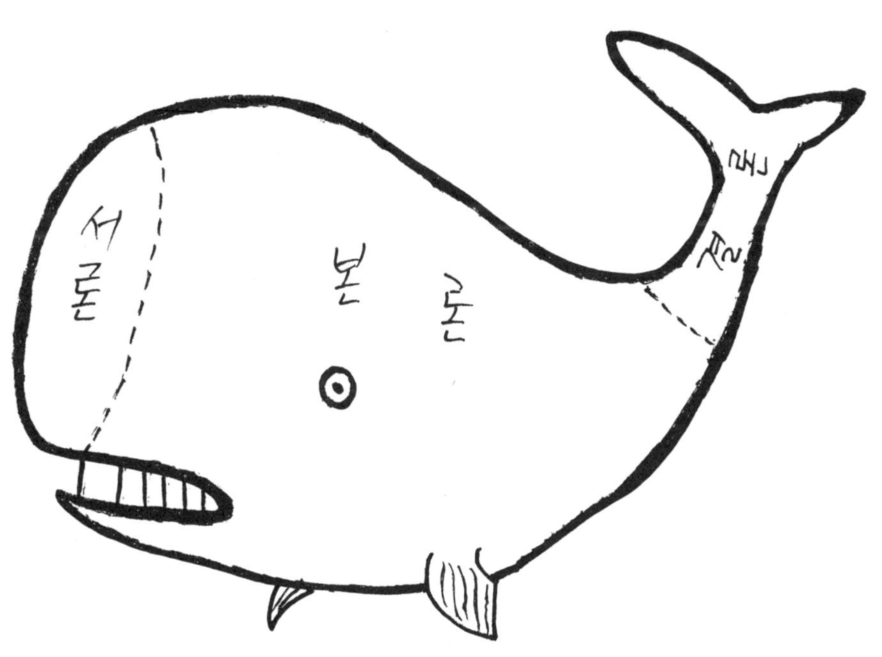

논설문은 이런 글

> ♠ 논설문은 어떤 사실이나 문제에 대해 자기 의견이나 주장을 내세운 글이다. ♠

♠ 논설문의 짜임 ♠

서론 : ① 읽는 사람의 주의를 끌며

　　② 문제를 내놓고

　　③ 문제를 내게 된 이유나 목적을 밝히고

　　④ 본론에서 다루어야 할 문제의 범위와

　　　방향을 제시

본론 : 서론에서 낸 문제에 대해

　　① 주장을 내세우며,

　　② 근거를 들어 주장을 증명, 설득

결론 : ① 본론의 주장이나 증명을 요약, 강조하고

　　② 앞으로의 할 일과 주장으로 결론

한국은 어디에……

조남욱 (구월 서 국교 6)

요즘 거리를 나가 보면, 한국어는 어디로 가고 영어만 잔뜩 쓰여져 있다. 이것은 상당한 사회 문제이다.

내 학용품 이름은 거의 다 외국어이다. 그 외국어를 우리말로 고칠 수도 있는데…….

예를 들면, '모닝 글로리'를 '아침의 영광'으로 '샤프'를 '누르는 연필' 등으로 고치는 것이다. 외국어는 우리 생활에서 더 많이 볼 수 있다. 옷의 상표도 캘빈 클라인, 게스, 리, 언더우드, 제이 프리스, 폴로, 인터 크류, 에스프리, 블랙 앤 화이트 등이 있다. 우리말도 누리 같은 좋은 것들이 많이 있는데…….

이제 먹는 것과 가정용품도 다 외제를 먹고 사용한다. 나도 외국 음료나 과자를 먹어 본 적이 있었는데, 내 입맛에 맞는 것도 있었지만 대부분이 맞지 않았다. 그리고 가정용품도 우리 집은 외제가 많다. 카셋트, 칫솔, 믹서기, 카메라 등이 있다.

근데 외제를 사게 되는 이유는 우리 나라 제품보다 성능이 좋기 때문이다. 그리고 디자인이 좋은 것도 한 몫을 한다.

외국 말의 사태가 얼마나 심각하냐 하면 차 이름, 신발 이름, 가게 이름, 기업 이름, 옷 이름, 학용품 이름 등의 95%가 외국 이름이다.

우리는 이제 기술 자원을 더욱더 투자하여 외국 상품에 뒤지지 않는 국산 상품을 만들어 내야 한다. 또한, 앞으로는 우리 4000만 국민이 한글을 창제하신 세종 대왕의 고마움을 생각하여 지나친 외국 말 사용을 하지 말자.

우리 것이 좋은 것이여!

글쓰기 · 독서 여행

주장하는 글은 비유문이나 상징문을 쓰지 않는 것이 좋습니다. 이 글의 제목은 적합하지 않습니다. 주장의 핵심을 잘 보여 주는 제목을 택해야 합니다. 그리고 마지막 문장, '우리 것은 좋은 것이여'도 장난기가 느껴져서 좋지 않습니다.

우리 농산물을 먹자

장현영 (안산 경일 국교 4)

학교 갔다 오면서 고층 슈퍼 옆에 배추가 산더미처럼 쌓여 있는 것을 보았다.

얼마 전 일이 생각났다. 신문에 배추 한 포기를 50원에 판다고 적혀 있는 것을 보았다. 나는 깜짝 놀라서 엄마한테 여쭈어 보았는데 진짜라고 하셨다.

우리 나라 사람들이 배추를 안 먹으면 김치는 무엇으로 담가 먹지? 나는 김치 없이는 못 살 것만 같은데, 왜 배추 값이 이렇게 싼 것인지 궁금했다.

농촌에서는 배추 값이 폭락하고 잘 팔리지 않아서 밭에 그대로 얼리거나 파묻어 버린다고 한다. 그런 농부의 마음은 얼마나 아플까?

또 요즘 수입 쌀 문제가 심각한 모양이다. 어제 저녁 뉴스를 보니까, 어떤 사람이 마이크에 대고 쌀을 수입하면 '우리 농촌은 망한다' 면서 그렇게 큰소리로 외치고 있었다.

 나는 왜 그러는지 이유를 몰라서 엄마와 아빠께 더 자세히 여쭈었다. 그런데 엄마와 아빠께서 하시는 말씀이 우리 나라에서는 11만 원 정도 하는데, 수입이 개방되어서 외국 쌀을 수입하면 미국 쌀은 한 가마에 3만 원 정도 하신다고 하셨다.

 그래서 엄마께 우리 나라 쌀 값을 내리면 될 것 아니예요? 하고 여쭈어 봤는데, 우리 나라 쌀 값을 내리면 우리 농민들이 굶어 죽는다고 하셨다. 쌀을 수입하면 우리 나라 사람들이 수입 쌀이 싸니까 사서 먹게 되고, 그러면 우리 나라 농촌은 더 살기가 어렵게 될 것이라고 하셨다.

 다른 나라 농산물을 먹으면 건강에도 안 좋다고 한다. 선생님이 그러시는데 러시아가 중국의 감자를 수입해서 쥐들에게 먹나 안 먹나를 시험해 보았다고 한다. 그런데 쥐들은 자기 생명을 지키기 위해서 그 감자를 안 먹었다고 한다. 그만큼 그런 것들을 실어올 때 방부제나 농약 같은 것을 많이 뿌린다는 뜻이다.

 우리 친구들도 외국 과일을 좋아하는 것 같다. 왜냐하면 우리 나라에서 나지 않는 바나나나 키위 같은 것들을 간식으로 자주 먹기 때문이다.

 이제부터라도 외국쌀이나 과일을 안 먹도록 노력해야 할 것은 물론이려니와 우리 농민들이 피땀 흘려 지은 농

산물을 많이 사서 먹음으로써 농부들의 주름살이 펴지도
록 노력해야 하겠다.

글쓰기 · 독서 여행

예를 지나치게 많이 들어도 주장하는 내용의
촛점을 흐리기 쉽습니다. 또한 '……에 물었
더니'와 같이 자기의 생각이나 주장이 아니
라 다른 사람의 애기를 들어 보니 '어떻더라란' 문장은 좋지
않습니다.

쓰레기 행성 지구

조남욱 (구월 서 국교 6)

여러분은 얼마나 많은 쓰레기를 버리고 있습니까? '나 하나쯤이야' 하는 생각 때문에 지구는 점점 쓰레기 행성 이 되어가고 있습니다.

여러분이 버리는 쓰레기 중에서 가장 많은 비중을 차지 하고 있는 것은 바로 일회용품입니다. 일회용품은 썩지 않기 때문에 쓸수록 그 양은 점점 더 늘어만 갑니다. 일 회용품으로 많이 쓰이는 스티로폴은 500년이 지나도 썩 지 않는다고 합니다. 그렇기 때문에 우리는 일회용품의 사용을 줄여야 합니다.

여러분들의 집에서 나오는 쓰레기의 양은 과연 얼마나 될까요? 또 종류는 얼마나 많을까요?

아기들이 쓰는 종이 기저귀가 1년 동안 버려지는 양은 얼마만큼인지 아십니까? 믿겨지지 않을 테지만 약 지구 에서 달까지 갈 수 있는 거리와 같다고 합니다.

이렇게 자꾸 쓰레기가 많아지면 우리에겐 냄새가 많이 나는 나쁜 점만 주기 때문에 우리 모두 쓰레기의 양을 줄여야 합니다.

그럼 이 쓰레기의 양을 줄일 수 있는 방법에는 어떤 것이 있을까요?

요즘 미국, 프랑스, 스위스 등의 나라는 쓰레기를 줄이기 위해 재활용품을 쓰고, 식당에서 반찬은 먹을 양만 먹고 있습니다. 그러나 아직도 많은 나라는 아직 재활용품 활용이 잘 안 되는 실정입니다. 얼마 전 저는 신문에서 놀랄 만한 기사를 발견했습니다. 음식물을 남기지 않으면 한 해 8조 원을 절약한다는 기사였습니다. 그리고 요즘에는 모닝 글로리란 학용품 회사에서 재활 공책이 나왔습니다. 하지만 가격도 같고 질도 나빠서 학생들이 잘 이용하지 않습니다.

우리가 쓰레기를 줄이기 위해 해야 할 일은 어떤 것들이 있을까요? 또 지구의 파괴를 막는 방법은요?

예를 들면 무스는 지구의 오존층을 파괴하니 가능하면 쓰지 말고, 그리고 샴푸 대신 비누를 사용합시다. 신문에서 보니 샴푸보다 비누가 더 머리결이 고와진다고 하였습니다. 비누를 샴푸 대신 사용하면 머리결도 고와지고 수질 오염도 막으니 일석이조입니다. 또 도시락을 쌀 때 일회용품으로 싸지 않기, 비닐 대신 종이를 사용하기, 시장을 볼 때 비닐 대신 시장 바구니 사용하기입니다. 그리고 제일 중요한 것은 껌종이라도 쓰레기통에 버리기입니다.

얼마 전 제 친구와 길을 가다가 더워 아이스크림을 사 먹고 몰래 사람들의 눈길을 피해 버리자, 그것을 본 친구는 저에게 몹시 화난 투로,

"야, 조남욱. 너 지금 쓰레기 버렸지!"

"그래서, 왜."

"저기 앞에 있는 쓰레기통 안 보이니? 그걸 못 참고 여기다 몰래 버리니!"

전 얼굴이 홍당무처럼 빨개졌습니다. 얼른 쓰레기를 주워서 바로 앞에 있는 쓰레기통에 버렸습니다.

이런 일이 있은 후에 이제 쓰레기는 쓰레기통에 버리자는 마음이 깊게 뿌리를 내렸습니다.

그리고 다시 한 번 마지막으로 여러분께 말하고 싶은 것은 지구는 자기 자신과 후손의 삶의 터전이자 희망인데 지금 여러분들의 잘못된 생각으로 지구는 점점 죽어 가고 있다는 것입니다. 우리 모두 작은 것부터 실천하여 쓰레기 행성 지구를 되살려야겠습니다.

단 하나뿐인 지구가 쓰레기에 오염되어 위험하다는 주장을 대화글을 넣어서 생동감 있게 잘 썼습니다. 여러 가지 주장의 내용도 알차게 정리되었습니다. 좋은 논설문은 주장이 확실하게 전달될 수 있도록 써야 합니다.

교통 질서를 지키자

한재형 (강남 국교 4)

우리 나라에서는 하루에 교통 사고가 10번 정도 된다. 사망자가 12명 정도, 부상자는 몇백 명이나 된다.

이러한 교통 사고는 교통 질서를 지키지 않았기 때문이다.

특히 신호등이 없는 곳에서 사람들이 건너 사고가 나고, 모퉁이에서 잘 살피지 않아서 사고가 나기 쉽다. 이러한 사고를 예방하려면 교통 질서를 지켜야 한다.

우선 길 모퉁이에서 사람은 멈추어 서서 좌우를 살핀 후 건너야 한다.

또 신호등이 없는 곳에서는 절대 건너지 말고 되도록이면 육교나 지하도를 이용하는 것이 좋다.

우리는 말로만 교통 질서를 지키지 말고 자기부터 실천하자.

재형이는 우리 나라에서 교통 사고가 많이 나는 이유가 교통 질서를 잘 지키지 않기 때문이라고 주장했습니다. 특별한 경우의 예를 들어 잘 이야기했습니다.

하지만 논설문은 남에게 자신의 생각과 의견을 내세우는 글이기 때문에 명확한 이유와 근거를 제시할 수 있어야 합니다. 따라서 숫자나 비율을 예로 들 때는 우선 정확해야 하고, 어디에서 보고 들은 일인지도 밝혀 주는 것이 좋습니다.

TAXI
저 어린이는
횡단보도를
잘 지킨다.

놀 시간을 주세요

김종원 (강남 국교 5)

요즘 어른들께서는 놀 시간을 안 주신다. 매일 하시는 소리는 '공부해라!', '밥 먹어라!' 뿐이다.

우리에게 시간이 있을 땐 어른들께서는 심부름, 아기보기 등을 시킨다. 또 친구 집에 가려고 하면 '공부해라!' 아니면 밥을 먹으라고 한다.

원래 공부는 끝이 없는 것인데 어른들께서는 배웠다고 노시고, 나가시기만 한다. 또 공부는 지식을 주긴 하지만, 공부만 시키면 지식을 쌓아 주는 것이 아니라 건강을 해칠 수도 있다.

아이들은 어른 들께서 쉬어 가며 공부하라는 소리를 듣고 싶어 한다. 만약 어른들께서 이런 말을 하시면 행복과 웃음을 찾을 수 있고 저절로 공부를 할 수 있게 된다.

앞으로는 열심히 놀면서 공부도 열심히 할 것이다. 학원 등도 열심히 다닐 것이다.

주장이라기보다는 의견에 가까운 글이지만 자신의 생각과 의견을 자신감 있게, 숨김 없이 솔직하게 잘 썼습니다. 이유와 근거도 충분히 제시했습니다.

TV는 유익한 프로만 보자

주인범 (강남 국교 6)

TV는 우리에게 좋은 지식을 준다. 그런데 우리가 유익한 프로는 보지 않고 불량한 프로만 본다면 TV는 우리에게 나쁠 것이다. 그러니까 유익한 프로를 많이 보면 된다.

TV를 많이 보다 보면 좋지 않은 점이 생긴다. 첫째로 눈이 나빠진다. TV에서 나오는 전자파가 눈을 나빠지게 한다. 이 전자파를 계속 보면 눈이 거의 안 보이게 될 수도 있다.

둘째로 머리도 나빠진다. TV를 많이 보면 그것을 다 기억하게 되는데 머리가 공부를 하기에 어려울 수도 있고 기억하고 있던 공부도 지워진다.

이렇게 나쁜 경향이 있는 TV를 유익하고 좋은 프로만 조금씩 골라서 보도록 하자.

인범이는 아주 건강하고 비판적인 생각을 가지고 있습니다. 어느 것이든 좋은 점이 있다면 좋지 않은 점도 있을 수 있습니다.

그런데 주장하는 내용이 유익한 프로와 불량한 프로의 얘기와 TV를 많이 보면 좋지 않은 점이 서로 뒤섞이어 명확하지 않습니다. 좀더 논리적인 글이 되기 위해서 어떤 프로가 유익하고 어떤 프로가 좋지 않은지 처음 문단의 얘기를 좀더 자세하게 예를 들어 주장하고, TV를 너무 많이 보면 좋지 않은 점을 곁들여 쓰는 것이 좋겠습니다.

뽑기를 하지 말자

류영보 (관교 국교 6)

수업이 끝나고 학교를 나오면 아이들은 문방구 앞에서 우글거린다. 그 아이들의 머릿속은 뽑기 생각으로 꽉 차 있다. 어떤 아이가 한 개를 뽑으면 이런 생각을 하게 된다.

'쟤가 나왔는데, 내가 안 나와?'

그래서 해 보면 '꽝!' 이라는 글자가 100개 중에서 85개가 나온다.

뽑기를 하지 않기 위해서는 어떻게 해야 할까?

첫째, 뽑기의 유혹에 말려들지 말자.

종이 뽑기, 전자식 뽑기를 보면 나는 먼저 주머니에 손이 간다. 그래서 돈이 나오면 순식간에 없어지고 만다. 아이들은 호기심이 많기 때문에 뽑기의 유혹에 쉽게 말려든다. 이제부터 강한 마음을 가져야 한다.

둘째, 돈을 많이 가지고 다니지 말자.

돈을 많이 가지고 다니면 뽑기가 하고 싶기 때문이다.
그렇기 때문에 돈을 조금만 가지고 다니자.

셋째, 전자 게임기와 전자 뽑기가 있는 문방구에 가서
물건을 사지 말자. 그 이유는 나쁜 뽑기를 하게 하는 문
방구 주인을 혼내 주어야 하기 때문이다.

우리 나라 아이들은 뽑기를 많이 한다. 그것은 도박과
같은 것인데, 부모님들이 돈을 많이 주는 것도 잘못이다.

우리 모두 뽑기의 유혹에 말려들지 말자.

글쓰기 · 독서 여행

처음-가운데-끝부분이 잘 짜여져 있습니다.
그런데 본론에서 첫째 · 둘째 · 셋째와 같이
단락을 나누는 것은 그리 좋은 것이 아닙니
다. 특히 류영보 군의 글처럼 짧을 때에는 문단을 많이 나누
거나, 숫자를 넣는 것은 좋지 않습니다. 읽는 이의 호흡을 끊
어 버리기 때문입니다.

파괴된 자연을 살리자

장성규 (강남 국교 3)

우리는 모두 깨끗한 환경 속에서 즐겁고 보람찬 삶을 누리고 싶어 한다.

오염된 환경을 깨끗이 하고 자연을 보호하기 위해서는, 첫째는 쓰레기를 마구 버리지 말아야 한다.

둘째는 농약을 많이 쓰지 말아야 한다.

셋째는 폐수를 마구 풀지 말아야 한다.

그래야만 우리 지구가 살기 좋고 공기도 맑아진다. 쓰레기, 폐수, 농약 등을 쓰지 말아야 하며 다른 그 밖에도 퐁퐁, 기름 등을 아껴 써야 우리가 잘살게도 되고 맑은 자연, 맑은 공기를 만들 수가 있어서 좋다.

그래서 우리는 자연을 잘 지키고 나무도 함부로 자르지 말아야 한다.

그래서 깨끗한 나라를 만들자.

오염된 자연을 살리고 깨끗한 환경 속에 살기 위해서 우리가 어떻게 해야 하는지에 대한 자신의 의견과 주장을 아주 잘 이야기했습니다.

그런데 남에게 자신의 주장을 이해시키고 설득해 내기 위해서는 좀더 논리적인 내용을 갖추어야 하겠습니다. 우리가 파괴된 자연을 되살리기 위해서 해야 할 일들을 쓰기 전에, 우리의 자연 환경이 현재 얼마나 심하게 오염되었는지 충분히 설명해 준다면 우리가 해야 할 일들이 그 속에서 자연스럽게 나올 수 있지 않을까요? 좀더 자신 있고 힘차게 자기의 주장을 내세워 봅시다.

환경을 보호하자

최지운 (강남 국교 2)

　요즘엔 환경이 많이 오염되었다. 그리고 강물이 너무 오염되어 물고기들이 다 죽어 간다고도 뉴스에서 많이 들었다.

　그러면 오염된 환경을 깨끗이 하고, 자연을 보호하기 위해서는 어떻게 해야 할까?

　첫째, 쓰레기는 쓰레기통에 버리자.

　둘째, 못 쓰는 것을 따로 모아서 버린다.

　셋째, 꽃을 꺽지 말자.

　넷째, 산에 가서는 휴지를 버리지 말자.

　다섯째, 강에다 쓰레기를 버리지 말자.

　그전에 쓰레기통이 없으면 주머니 속에 넣어서 자기 집에 가서 버리면 되지…… 이런 생각을 했다.

　왜 괜히 길가에다 버릴까? 나도 모르겠다. 어른들도 마찬가지다.

지윤이는 어떻게 하면 자연 환경을 잘 보호할 수 있는지 조목조목 여러 가지 생각을 펼쳤습니다. 어려운 글감인데도 비교적 잘 정리를 했습니다.

먼저 자연 환경을 파괴하는 것에는 어떤 것들이 있는지, 환경을 잘 보호하지 않으면 우리에게 어떤 해가 돌아오는지 등을 좀더 예를 들어 설명했다면 더욱 좋은 글이 되었을 것 같습니다.

주장하는 글을 너무 어렵게 생각할 필요는 없습니다. 우리 주변에서 쉽게 볼 수 있는 작은 일이라도 어린이다운 생각대로 솔직하게 자신의 생각과 의견을 내세우면 됩니다.

분리 수거를 하자

김선화 (강남 국교 2년)

우리 나라 분리 수거 쓰레기통은 배가 아프겠다. 왜냐하면 아무거나 마구잡이로 넣으니까.

그래서 쓰레기통은 배가 아프겠다.

그래서 나도 깡통은 깡통, 종이는 종이대로 버려야겠다.

그래야 쓰레기통이 배가 아프지 않겠다.

글쓰기 · 독서 여행

선화는 자기의 생각과 의견을 아주 재미있게 표현했습니다. 쓰레기를 가려서 넣지 않고 마구잡이로 넣으니까 분리 수거 쓰레기통이 배가 아프겠다는 표현이 아주 재미있습니다.

그런데 자신의 옳은 생각과 의견을 남에게 내세우는 글로는 주장이 너무 약하지 않을까요? 주장이란 자신의 생각과 의견을 자신감을 가지고 당당하고 힘차게 내세우는 것을 말합니다. 옳고 그름을 따져서 남을 설득해 내려면 그만큼 자신의 생각이 옳다는 것을 논리적으로 정리해서 힘차게 내세워야겠지요?

사람들이 왜 가려서 넣지 않고 마구잡이로 버리는지, 분리 수거를 하려면 어떻게 하는 것이 좋은지 좀더 자세하게 써 보았으면 좋겠습니다. 자신감을 가지고 좀더 당당하게 표현해 봅시다.

과학의 발달과 경제 발전

오현진 (신봉 국교 5)

2000년대를 얼마 남겨 두지 않은 현재의 과학 기술은 나날이 급속도로 발달하며 우리의 생활을 과거보다 훨씬 윤택하고 편리하게 이끌어 가고 있다.

이처럼 과학은 현재에 와서 더욱 세밀한 기술과 뛰어난 관찰력을 필요로 한다. 만약 지금까지 과학이 발달하지 않았다면 우리의 생활 모습은 어떠할까?

나무 열매나 따 먹으며 흙으로 그릇을 만들던 미개한 원시 생활을 하고 있을 것이다. 이렇듯 토기에서 유리 그릇, 플라스틱 컵까지 발전해 오는 동안 우리 조상들은 열심히 연구하고 생각해 내며 더 편리하게 이용될 수 있도록 과학을 발전시켜 온 것이다.

지금 이 시대는 과학의 발달이 생활만을 편리하게 해 주는 것이 아니라 나라의 경제까지 발전시켜 주기도 한다.

과학 발달과 경제 발전, 앞으로의 미래는 우리가 이끌어 나아가야 할 것이다.

지금은 상상조차 할 수 없는 기술이 필요할 텐데 미래의 주역인 우리가 과학 발달을 위해 취해야 할 태도는 어떤 것이 있을까?

첫째, 주위의 사물과 환경을 흥미롭게 관찰하는 태도를 길러야 한다.

유명한 발명왕 에디슨의 어린 시절은 닭장 속의 알까지 관심을 가지고 지켜 보는 눈을 가질 정도로 모든 사물을 꾸준히 탐구하는 어린이였다.

자신이 돌보는 양이 밖으로 나가지 못하게 하는 방법을 생각하여 만든 뾰족한 철조망, 애인의 치마 모양을 보고 생각해 낸 콜라 병, 거북이의 생김새를 따라 만든 거북선 등. 이 모든 발명품이 자신의 주위 환경을 보고 '어떻게 하면 더 편리하게 쓸 수 있을까?' 하며 고민고민 해가며 만들어 낸 것이다.

이처럼 과학은 이론보다는 자신의 실제 실험이나 경험을 토대로 깨닫고 연구해 가는 것이 훨씬 빠른 발전의 지름길이 된다.

둘째, 의문을 갖고 그것을 실제 실험으로 옮기는 습관을 길러야 한다.

주위의 사물을 보고,

'저것은 이렇게 만들었으면 참 좋았을 텐데…….'

'이렇게 하는 것이 훨씬 편리할 텐데…….'

라는 생각을 하면서도 집에 만드는 재료가 없다, 내가 만들기는 어려울 것 같다는 이유로 그냥 지나친다면 과학의 발전을 더욱 늦추는 일이 될 뿐 아니라, 자신을 비롯한 모든 사람들이 손해를 보게 된다.

편리하게 사용할 수 있고, 만드는 방법을 알면서도 직접 실천하지 않는다면 얼마나 아깝고 안타까운 일인가?

그러므로 실제로 만들어 보고 실험해 보는 태도가 과학 발전에 있어서는 꼭 필요한 요소일 것이다.

셋째, 아무리 여러 번 실패하더라도 포기하지 말아야 한다.

우리 나라의 유명한 최무선은 폭약을 만드는 데 실패하고, 이웃 사람들의 비난을 수십 차례 받았지만 끝끝내 화약을 만들어 내고야 말았다. 그 이유는 무엇일까? 실패하기를 몇천 번 했어도 그의 강한 탐구 정신과 꼭 해내고 말겠다는 의지가 힘이 된 것이다.

'실패는 성공의 어머니다'라는 격언은 곧 성공의 과정은 실패를 거듭하여 이루어진 결실이라는 뜻이다. 그러므로 용기 있는 도전으로 자신의 생각을 꼭 실제로 이루어야 한다.

넷째, 경제 발전을 위해서는 신문과 뉴스를 보도록 하

자. 매일매일의 뉴스와 신문은 국내외의 모든 소식을 신속하게 전해 준다. 그러므로 뉴스와 신문을 통해 우리 나라 경제를 바로 알고, 문제점과 해결 방법을 모색하고 파악하여 경제 발전에 보탬이 되도록 하는 것이 나라 발전에 크게 영향을 미치는 것 같다.

　인구 증가와 산업 발전에 따른 과학과 경제 발전은 앞으로 우리들이 해야 할 중요한 과제이다. 미래의 과학과 경제는 어떻게 변화될 것이고 어떠한 발명품이 나올 것인지, 어떠한 나라가 부유하고 가난하게 될지 아무도 예측하지 못한다.

　하지만 모든 사물에 관심을 갖고 실험하며, 포기하지 않고 인내하며 지금의 경제에 관심을 갖는다면 미래의 과학은 더욱더 고도로 발전할 것이고, 경제 또한 문제 없는 평화스런 나라를 이룩할 수 있을 것이다.

　우리 모두 과학과 경제의 발전에 조금이나마 보탬이 되도록 관심을 가지고 희망찬 2000년대를 맞이하자!

(서울특별시 국민학교 논설문 쓰기 대회
입상 작품–금상)

과학의 발달이 경제의 성장으로 이어진다는 주장을 잘 정리하였습니다. 분량도 적절합니다. 그러나 마지막 문장에서 '관심'을 갖자고만 했는데. 그래서는 주장이 너무 약한 것 같습니다. 더 깊이 생각해 보세요.

협동하는 생활

권선영 (고덕 국교 5)

'백지장도 맞들면 낫다'라는 말이 있다. 협동을 하면 어떤 일이든지 힘을 덜 들이고 쉽게 해낼 수 있다는 뜻이다. 이와 같이 우리가 사는 사회에서는 협동이 필요하기 마련이다. 협동은 마음 하나하나를 단결시켜 주는 것이다. 마음이 하나로 단결되었을 때, 아무리 힘든 것이라도 쉽게 또 훌륭하게 해낼 수 있는 것이다. 자, 그러면 이와 같은 협동의 모습이나 예를 구체적으로 살펴보기로 하자.

만일, 어느 집이 이사를 한다고 생각해 보자. 많은 일꾼들이 있어야 이삿짐을 빨리 옮길 수 있을 것이다. 그러나 일꾼이 한두 명이고 빈둥거리며 놀기만 한다면, 그 집은 결코 빨리 이사를 할 수 없을 것이다. 협동은 이런 경우에만 필요한 것이 아니다. 줄다리기 또한 이기려고 열심히 줄을 잡아당기고, 선수가 아닌 사람은 응원을 열심히 해야 그 팀은 마침내 이길 수 있는 것이다. 반면에 줄다리기에서 이기려고 노력하지 않고, 빈둥거리며 '이기거나 말거나' 하는 생각을 가지고 있다면 그 팀은 언제까지나 패자의 자리에만 머물러 있게 될 것이다.

그러면 협동이 필요한 까닭을 살펴보자.

첫째, 협동은 마음 하나하나를 뭉쳐 주는 역할을 한다. 이로써 힘든 일도 할 수 있게 된다. 위에서 말한 것과 같이 운동 경기에서는 꼭 협동이 필요하다. 또 이사를 할 때에도 역시 필요하다.

둘째, 협동을 함으로써 모든 일을 할 수가 있다. 협동을 하면 나 혼자, 또는 개인이 끙끙대며 하던 일도 여러 사람이 하나로 똘똘 뭉쳐서 하게 되므로 쉽게 해치울 수 있다.

셋째, 협동을 한 결과는 여러 사람을 즐겁게 만든다. 운동 경기에서 협동을 한 팀의 선수들은 당연히 즐겁고 그 팀을 응원하던 팀도 즐겁게 된다.

넷째, 즐거우면 건강해지기도 한다. 엔돌핀은 즐거울 때 발생하는 것이다. 이것이 발생함으로써 그 사람은 건강해질 수 있고, 따라서 오래 살 수도 있다. 이와 같이 협동은 대단히 중요하다.

우리는 어떻게 협동을 하여야 하는가?

협동을 무조건 하라는 것이 아니다. 만약 시험 시간에

협동을 한답시고 쪽지를 돌려 컨닝을 한다면 얼마나 우스꽝스런 일이겠는가? 협동은 진짜 필요할 때에 참되게 해야 올바른 것이다.

냇물이 흘러 강이 되고, 강이 흘러 바다가 되듯이 협동은 마음과 마음이 똘똘 뭉쳐서 이루어지는 것이다.

우리는 협동을 생활화하여야 한다. 요즈음은 남의 집에 도둑이 들어와서 "도둑이야!" 하고 소리쳐도 '나 몰라라' 하는 실정이다. 아무리 조금 만든 음식이라도 나누어 먹던 옛 조상의 아름다웠던 생활 모습. 하지만 그 아름답던 모습은 어디론지 사라져 버렸다. 우리는 흔들려서는 안 된다. 협동의 참뜻을 알고 바르게 실천하여야 한다. 우리에게 고마움과 이득을 주는 협동. 지금 같은 이기주의 사회에서 꼭 필요한 것이 아닐까 하는 생각이 든다. 우리 모두 '협동'이라는 말의 참뜻을 알고 바르게 실천하도록 하자. 옛날 우리 조상들의 미풍 양속을 생각하면서 이기주의 사회에서는 협동만이 존재할 수 있다는 것을 말하고 싶다.

(서울특별시 국민학교 논설문 쓰기 대회
입상 작품—금상)

'백지장도 맞들면 낫다'란 속담으로 글을 시작하고 있습니다. 이 말은 협동의 의미를 잘 보여 주지는 못합니다. 협동이란 힘을 합하는 것이긴 하지만 무조건 '힘'을 한 곳으로 모으기만 하면 협동이 되는 것은 아닙니다. 여러 가지 일을 나누어서 하는 것도 협동입니다. 위의 속담은 힘을 모은다는 의미는 잘 보여 주지만, 여럿이 나누어 일하는 협동은 잘 보여 주지 못합니다. 협동에 관해 주장하는 글을 쓰는 대부분의 어린이들이 이와 같은 함정에 빠지는 것 같습니다.

협동하는 생활

하석찬 (상암 국교 5)

　우리 나라의 속담인 '백지장도 맞들면 낫다'라는 말처럼 혼자 할 수 있는 일도 서로가 힘을 합쳐 일을 하면 더욱 쉽고, 능률적으로 일을 처리할 수가 있다. 그리고 협동하는 생활은 서로간의 화합을 다지는 데에도 이바지한다. 그러므로 살기 좋은 사회를 이룩할 수 있는 가장 좋은 길은 협동하는 생활이라고 할 수 있다. 우리는 학교 생활에서나 가정 생활 등에서 협동의 이로운 점을 많이 느껴 보았을 것이다. 이처럼 협동하는 생활은 나와 나를 포함한 여러 사람들에게 도움을 준다.

　먼저, 협동하는 생활이 왜 필요한지 알아보자.

　첫째, 더욱더 일을 쉽고 능률적으로 하기 위해서이다. 이러한 쉬운 예로는 공장에서의 분업을 들 수가 있다. 한 가지 일이라도 여럿이 힘을 모아 하게 되면 혼자서의 힘으로는 이룰 수가 없는 일도 쉽게 할 수가 있다. 그러므로 사회가 더욱 발전할 수 있게 된다.

둘째, 서로간의 화합을 다지기 위해서이다. 우리가 서로의 일을 도와줄 때 도움을 받은 사람은 다시 다른 사람을 도와주면서 우리의 화합이 다져진다. 옛날 우리 조상들이 농사일을 하면서 두레를 조직하여 화합을 이룩했던 것처럼, 우리 모두가 힘을 합쳐 다른 사람을 도와주려고 한다면, 쉽게 화합이 이룩될 것이다. 그리고 화합이 이루어지면서 밝은 사회가 될 수 있을 것이다.

다음으로, 협동하는 생활의 실천 방법을 알아보자.

첫째, 자기만 편하면 된다는 이기심을 버려야 한다. 예를 들어 전쟁터에서 한 군인이 자기만 살아남기 위해 자기 임무를 충실히 수행하지 않는다면, 그 군대는 전쟁터에서 패하고 말 것이다. 우리의 사회도 마찬가지이다. 자기의 할 일을 열심히 하지 않으면 그 사회는 발전할 수 없게 된다. 협동하는 생활에서는 자기의 임무를 충실히 하지 않으면 안 된다. 우리 모두가 자기 일에 최선을 다할 때, 우리 사회가 더욱 발전할 수가 있다.

둘째, 자기의 이익보다는 공동의 이익에 우선을 두어야 한다. 협동 생활에서 공동의 이익보다는 자기의 이익을 우선한다면 화합이 이루어지지 못한다. 그리고 자기의 이익을 우선하는 사람들은 다른 사람들에게 해를 끼치므로 공동체를 이루는 모든 사람들에게 피해를 주게 된다.

이러한 예로는 돈을 벌기 위해 불량 식품이나 상품을 만들어 파는 사람들이 있다. 그러므로 우리들은 학교나 가정 등 공동체 생활 속에서는 나의 이익보다는 먼저 공동의 이익을 우선해야만 한다.

셋째, 스스로 공동의 일에 협력하는 자세를 길러야 한다. 자기 스스로 솔선수범하여 공동의 일에 협력하는 사람이 많을수록 그 공동체가 더욱더 발전하게 된다. 그리고 그런 사람들은 다른 사람들의 본보기가 될 수 있다. 그러므로 우리들은 공동의 일에 협력할 때, 귀찮다고 꺼리기보다는 솔선수범하는 자세가 제일 중요하다.

우리들은 지금까지 협동하는 생활의 필요성과 그에 따른 실천 방법도 알아보았다. 협동하는 생활을 하면 일을 쉽고 능률적으로 처리할 수 있고, 서로간의 화합을 유지해 주므로 꼭 필요한 것이다. 우리들이 학교, 가정, 마을 등의 생활 속에서 협동하는 자세로 서로 도와간다면 자기와 다른 여러 사람들에게도 도움이 될 것이다. 그리고 우리가 협력하는 생활을 습관화한다면 우리 사회는 더욱더 화목한 사회가 될 수 있지 않을까 생각한다.

(서울특별시 국민학교 논설문 쓰기 대회
입상 작품-은상)

협동하는 생활을 하자

정유경 (난곡 국교 5)

개미는 서로 도우면서 살아간다. 자신의 힘으로는 도저히 운반할 수 없는 먹이도 여럿이 힘을 합쳐 집으로 가지고 간다. 이러한 개미처럼 사람도 서로 협동하면서 살아가야 한다. 남과 도움을 주고 받지 않으면 살 수 없는 것이 바로 사람이기 때문이다. 우리가 서로 협동하면서 살아간다면 이 사회는 더불어 살아가는 사회가 될 수 있을 것이다.

협동은 우리 생활의 여러 곳에 필요하다.

청소 시간에 서로 협동해서 하면 더 빨리 할 수 있고 힘도 적게 든다. 김장을 할 때도 동네 아주머니들께서 도와주시면 힘들이지 않고 쉽게 할 수 있다. 운동 경기의 경우, 그 중에서도 축구는 서로 공을 잘 연결해 주어야지, 자기 혼자만 하겠다고 따로따로 흩어진다면 좋은 경기를 기대할 수 없을 것이다.

그렇다면 협동은 왜 필요할까?

첫째, 일의 능률이 오른다. 혼자서 하기 힘든 일도 서로 협동해서 하면 쉽게 할 수 있다. 예를 들어 철수가 어머니 심부름으로 무거운 짐을 지고 가고 있다고 하자. 그때 한 친구가 무거운 짐을 조금이라도 들어 준다면 철수는 힘을 덜 들여서 심부름을 할 수 있을 것이다. 이렇게 무거운 짐을 들거나 이외에 운동 경기 등을 할 때, 서로 돕는다면 더 능률적으로 할 수 있다.

둘째, 빠른 시간 내에 일을 끝마칠 수 있다. 같은 일이라도 혼자서 하는 것과 여럿이 도와서 하는 것은 차이가 나게 마련이다. 혼자 하면 시간이 더 오래 걸리지만, 여럿이 서로 협동하여 하면 빠른 시간 내에 정확하게 할 수 있다. 집안일의 경우, 결혼식 같은 잔칫날에 음식 장만을 할 때, 어머니 혼자서 하신다면 많은 시간이 걸릴 것이다. 그러나 친척 분들이나 이웃 분들이 도와주신다면 빠른 시간 내에 음식을 장만할 수 있어 편리하다.

셋째, 서로가 믿을 수 있다. 서로 도우면서 살아가다 보면 자연히 몰랐던 사람, 처음 보았던 사람이라도 결국 믿을 수 있다.

그렇다면 마음을 가져야 한다. 아무리 협동을 한다고 해도 남을 도우려는 따뜻한 마음이 없으면 그 협동은 헛것이 되고 만다.

　나 혼자만 잘살면 된다는 마음을 버려야 한다. 서로 도우며 살아가려면 뜻대로 되지 않는 경우가 있다. 이 때 나를 중심으로 혼자만을 생각한다면 협동을 하기 어렵다. 협동하며 살아가기 위해서는 모두를 위해서 나 자신의 사소한 감정이나 사소한 의견 등을 버려야 한다.

　우리는 사람의 신체를 하나라고 생각한다.

　여러 신체 기관들이 모여서 하나의 몸을 이루듯이 여러 사람의 힘과 뜻이 모여 하나가 되어야만 어려운 일을 할 수 있다고 생각한다.

　지금까지 우리 생활에서 협동이 필요한 곳, 협동이 필요한 이유, 협동하는 생활을 위해서 우리들이 가져야 할 마음가짐을 알아보았다. 옛 속담에 '백지장도 맞들면 낫다 '는 말이 있듯이 우리도 서로 협동하며 살아가자.

(서울특별시 국민학교 논설문 쓰기 대회
입상 작품—은상)

국어와 우리 생활

권칠웅 (삼릉 국교 5)

요즘 일상 생활에서는 지나치게 속된 말이 귀에 들려온다.

그러나 우리의 한글을 만든 뜻은 속된 말이 아니었을 것이다.

그리고 학교에서는 새로 규정된 한글 맞춤법을 잘 모르고 쓰는 경우가 있다. 대한 민국의 국민으로서 우리 한글을 잘 모른다면 그 누가 잘 알고 사용하여 줄까?

우리는 도덕 시간에 한 나라의 문화는 그 나라 국민의 생활과 함께 살아 숨쉬고 있다고 배웠다.

국어는 그 나라의 언어로, 문화를 대표하는 것이다.

그러면 우리 나라 국어의 뿌리에 대해 알아보도록 하자.

우리 나라의 언어는 대체로 말에서 시작되었다. *여러 지방에서 갖가지 언어가 생기고 서로 말이 안 통하여 어려움을 많이 겪었다. 그러다가 삼국 시대 때 설총에 의하여 이두 문자로 정리가 되었다. 그것이 한글의 시초이다.

그 후, 중국의 한자를 들여와 배우게 했으니, 우리의 언어 문화는 식어 간다. 여기서부터 우리의 순우리말이 없어진다. 지금도 국어의 70%가 한자어 아닌가!

우리의 말은 조선 시대 세종 대왕과 집현전 학사들에 의해 되찾는다. *국어를 만든 본 뜻은 여기서 찾을 수 있는 것이다.

아직까지 우리의 국어엔 한자가 터를 잡고 있다. *우리가 국어 발전을 위해 할 수 있는 일은 무엇일까?

첫째, 국어의 기초인 한글 맞춤법을 정확하게 알아야 한다. 그리 한다면 외국인이 오거나, 우리가 여행을 가서 만나면 한글을 설명하며 우리의 문화를 떳떳한 문화 국민으로서 자랑할 수 있을 것이다.

둘째, 우리의 글을 가지고 있다는 긍지와 자부심을 가져야 한다.

우리가 한글을 무시하고 업신여긴다면 누가 한글을 지켜 줄까?

속된 말을 쓰는 것은 바로 한글의 맥을 끊는 일이다.

셋째, 외래어를 순우리말로 바꿔 보자. 아이스크림을 얼음과자, 피자를 서양 빈대떡 등 여러 가지로 기발한 생각을 한다면 재미도 느끼고, 국어에 대한 애착심도 길러질 것이다.

넷째, 국어 사전을 찾아보는 습관을 기르자. 국어 사전에서 낱말의 뜻, 맞춤법, 외래어 구별을 알 수 있을 뿐만 아니라, 옛 격언·속담 등 교훈적인 지식도 알 수 있다. 그래서 약 3년 전부터 '국어 사전 찾기 대회'도 열고 있다. 이것이 국어의 의미를 알자는 운동의 좋은 예이다.

지금까지 국어의 역사와 우리가 할 수 있는 일에 대해 알아보았다. 우리 나라는 예로부터 '동방예의지국'이라 불려 왔다. 동방 예의지국이란 '동쪽에 있는 예의를 잘 지키는 도덕성 높은 나라'라는 뜻이다. 그런 우리 나라의 도덕 점수를 깍는 일은 하지 말아야겠다.

국어는 우리의 일상 생활에서 곧잘 드러난다. *그래서 요즘 할아버지, 할머니들께서는 "버릇 없는 놈!"이라고 꾸짖으신다.

이것은 우리의 국어 문화와 도덕이 남아 있다는 증거이다.

후손들에게 전통적인 국어 문화를 직접 피부로 느낄 수 있는 환경으로 개선해야겠다. *그리고 그보다 중요한 것은 국어를 사랑하고 국어 문화를 알려는 자발적인 노력을 보여 주는 것이다.

(서울특별시 국민학교
논설문 쓰기 대회 입상 작품—은상)

글쓰기 · 독서 여행

권칠웅 어린이는 문단을 너무 많이 나누었습니다. 위의 글은 선생님이 주장의 뜻에 따라 문단을 줄여 본 것입니다.(부호 * 된 곳) 주장하는 글에서 지나치게 문단을 많이 나누면 내용을 이해하기가 오히려 어려워집니다.

기행문(견학문)

기행문은 이런 글

> ♠ 기행문은 여행에서 있었던
> 새로운 경험을 여행한 차례에 따라 쓰는 글 ♠

♠ 기행문의 짜임 ♠

처음 : 여행을 하게 된 동기나 목적.
여행을 떠날 때의 마음.
가운데 : 여행한 차례에 따라 본 것, 들은 것, 한 일,
겪은 일, 그리고 그것에 대한 생각과 느낌(여
행지의 자연 모습, 사람들의 생활 모습,
풍습, 역사성 등도 자세히 기록).
끝 : 돌아올 때의 느낌.
여행에서의 좋았던 점.
반성할 점.
앞으로의 여행 계획.

> ♠ '처음' 부분을 생략하고
> '가운데' 부분부터 먼저 쓸 수도 있다 ♠

제주도를 다녀와서

조남욱 (구월 서 국교 6)

영보네 식구와 우리 식구는 2박3일 제주도 여행길에 올랐다. 공항에서 식사를 마친 뒤 747 비행기에 탔다. 나는 '제주도가 어떻게 생겼을까?' '크기는 얼마나 될까?' '잘 도착할까?' 하는 의문에 사로잡혔다. 어느새 45분이 지나 제주 국제 공항에 도착했다.

우리 일행은 호텔에 짐을 놔 두고 관광을 시작했다. 먼저 제주도의 돌하루방이 눈에 들어왔다. 구멍이 뻥뻥 뚫린 게 인상 깊었다. 저녁이 왔다. 나와 영보, 영배 형은 목욕을 하였는데 물이 너무 깨끗했다.

둘째 날에는 만장굴에 갔다. 만장굴은 길이가 길어서 만장굴이라는 이름이 붙여졌다고 한다. 반들반들한 바위들이 너무 멋이 있었다. 만장굴을 다 구경하고 서귀포로 갔다.

버스에서 안내원 누나가 두 농장을 안내하였는데, 그

농장들은 자기 농장 과일을 더 잘 팔려고 다른 농장을 비난했다. 그 좋다는 제주도 인심을 보기는커녕 서울 사람 인심을 보았다.

오후에 호텔에서 어른들이 고스톱을 하였다. 어른들 옆에서 구경하니까 오락을 하라고 5000원을 주셨다. 나와 영보, 영배 형은 호텔 근처에 있는 삐삐 오락실에 갔다. '뽕뽕', '으악', '꽉꽉' 오락실 소리가 요란했다. 내가 신나게 프로 레슬링 오락을 하고 있는데 아줌마들이 와서 쇼핑을 가자고 해서 손을 놓고 백화점에 갔다.

"야, 크다."

제주도에 있는 백화점은 서울에 있는 백화점 못지않게 컸다. 마침 백화점에서 북한 우표 전시회가 있어서 우표도 보았다. 우리 나라 우표와 몹시 달랐다. 통일이 되면 우표 모양은 어떻게 될까.

우리는 호텔에 와서 잠을 잤다. 내일을 위해서.

우리 일행은 7시에 아침을 먹었다. 근데 밥맛이 이상하였다. 불고기가 설탕을 넣은 것처럼 달았고, 김치가 맵지 않고 달았다. 아마 일본과 가까이 있어서 그런 것 같았다. 짐을 싸들고 제주 국제 공항으로 향했다. 비행기에서 한라산을 보니 잘 가라고 인사하는 것 같았다.

만장굴 구경한 것, 말 탄 것, 북한 우표 전시장에 간 것, 오락실에 간 것 등은 즐거운 추억으로 남을 것이다.

집에 와서 바지를 벗어 던졌는데 '쿵' 하는 소리가 나
서 주머니를 보니 돌하루방이 들어 있었다.

글쓰기 · 독서 여행

기행문은 여정이 잘 나타나야 합니다. 그런
데 조남욱 어린이는 지나치게 날짜 중심으로
글을 쓰고 있어 딱딱한 느낌을 줍니다. 기행
문도 수필의 한 종류이기 때문에 읽기에 부드러워야 합니다.
그럴려면 여행지에서 보고 느낀 점을 중심으로 쓰는 것이 좋
습니다.

버려진 온달 산성

김건동 (관교 국교 4)

아빠께서 문화재에 대한 관심이 많으시다. 그래서 이번 여름 방학에 충청북도 단양군 영춘면에 있는 온달 산성에 가기로 했다. 그 곳은 발길이 뜸하고 전혀 가꾸어지지 않은 곳이라 했다. 우리 식구는 외할아버지 댁에서 아침을 먹고 짐을 챙겨서 온달 산성으로 향했다.

온달 산성 입구의 온달 동굴에서 약숫물을 먹고 산을 오르기 시작했다. 오르면서 생각하니 한 사람의 힘으로는 들 수 없는 무거운 돌을 높은 산 꼭대기까지 쌓았다는 사실에 놀라고 말았다. 가운데에 있는 정자에서 쉴 때는 기분이 상쾌하고 시원하였다. 산 정상까지 올라가 보니 비 바람에 많이 허물어져 있었다.

산 밑에서 만난 사람들도 올라와 있었다. 그 사람들이 필름을 다 써서, 우리 필름을 사려고 하여 팔았다. 우리는 땀을 식히고 기념 촬영을 했다. 휴식을 하면서 산 밑을 보니 올라온 길이 멀게 보였고, 산 밑으로 흐르는 강물은 유난히 반짝, 반짝거렸다.

내가 아빠에게 여쭈어 보았다.

"아빠, 성이 많이 무너졌는데, 왜 그냥 둬요?"

"나라에서 관심을 두지 않아서 그래."

아빠가 말씀을 하셨다.

나는 이번 여행에서 아쉬운 점이 많았다. 그 중에서도 특히 온달 산성을 나라에서 잘 보전을 하지 않아서 아쉬웠다. 잘 보전을 하면 후손들에게 물려 줄 수도 있고 역사 공부에 많은 도움이 될 텐데.

글쓰기 · 독서 여행

온달 산성이 방치되고 있어 안타까운 마음으로 돌아왔다는 내용입니다. 주변 풍경을 적절하게 묘사하여 한결 산뜻한 글이 되었습니다.

미국을 다녀와서

박래진 (효열 국교 6)

8월 6일, 나는 미국을 간다는 생각에 들떠 있었다. 12시간 동안 비행기를 타야 한다니까 지루할 것 같았다. 비행기를 타고 한참 지나자 날짜 변경선에 도착했다. 낮과 밤을 같이 볼 수 있었다. 앞쪽은 낮, 뒤쪽은 밤이었다.

어느덧 LA 국제 공항에 도착했다. 밀 아저씨께서 기다리고 계셨다. 우리는 밀 아저씨 집이 있는 글렌데일에서 잤다.

다음날, 유니버설 스튜디오에 갔다. ET가 특히 인상이 깊었다. 백 투 더 퓨쳐는 약 2시간 기다렸는데 차 타는 건 5분 정도밖에 안 된 것 같다. 그만큼 재미있었다.

그랜드 캐년에 갔다. 캐년은 협곡이라는 뜻이라고 가이드 아저씨께서 알려 주셨다. 직접 보니 말로 표현하기가 힘들었다. 정말로 웅장하고 거대했다. 그랜드 캐년의 길이는 서울에서 부산까지의 거리만 하다고 했다. 인공 위성에서 찍은 모양은 용 모양이었다. 저 끝이 보이지 않았다. 자연의 신비로움에 놀랐다. 내가 빨려 들어가는 느낌이었다. 차 타고 가면서도 계속 옆에는 그랜드 캐년이 있었다.

그랜드 캐년이 시작되는 부분에는 인디언들이 물건을 팔고 있었다. 가이드 아저씨께서 인디언들이 한국 사람들과 비슷한 점이 많다고 하셨다. 무표정한 것과 태어날 때 몸에 파란 점이 있는 것, 애기를 등에 업는 점 등 7가지.

라스베가스에 밤에 도착했다. 그런데 많은 조명 때문에 낮같이 밝았다. 사진을 찍을 때도 후라시가 필요 없었다. 이 도시는 세계 제일의 도박의 도시이다. 우리 어린이들은 어느 건물 2층에 가서 게임을 했다. 공 굴리기에서 원숭이 인형도 타고, 경마에서는 곰 인형을 탔다. 또 서커스도 봤다. 여러 가지 게임을 하다 보니 시간이 금방 지나갔다. 호텔에 가면서 가이드 아저씨께서 여기는 1주일 만에 결혼하고 1주일 만에 이혼할 수 있다고 하셨다.

샌프란시스코에서 가장 인상 깊었던 점은 알카트라스 섬의 이야기였다. 가이드 아저씨께서 이 섬은 여태까지 탈옥해서 성공한 사람이 없으며, 그 주변 바다에는 가끔가다 상어도 있다고 하셨다. 빠삐용 영화를 촬영한 곳도 이곳이라 했다.

나는 한국 땅 둘레의 네 바퀴 정도를 돌면서, 미국의 일부였지만 많은 것을 보고 느꼈다.

미국은 더워도 땀이 안 난다. 왜냐하면 습기가 많기 때문이다. 또 쓰레기가 없고 집 앞에는 대부분 잔디가 있는 것이 보기 좋았다.

하지만 LA 밤거리는 너무도 위험하다. 밤이 되면 사람들이 다니지 않는다. 흑인들이 총을 갖고 다니며 쏘기 때문이다. 1주일 만에 결혼하고 이혼하는 것은 나쁘다고 생각한다. 우리 나라는 결혼하면 이혼하기까지는 몇 개월이 걸린다.

글쓰기 · 독서 여행

인디언과 한국 사람이 닮은 점 7가지가 있다고 했는데, 적은 것 말고 또 무엇이 있지요? 여행지에서 보고 느낀 것을 잘 정리하였습니다. 마냥 느껴질 때까지 보고만 있을 것이 아니라, 여기저기서 물어도 보고, 찾아도 보는 것이 여행입니다. 박래진 어린이는 이 같은 탐구심이 있어 좋습니다.

동해의 파도

손슬옹 (인수 국교 4)

나는 토요일에 아빠 차를 타고 동해의 하일라 비치를 갔다. 우리 가족은 새벽 5시에 도착했다.

고모, 삼촌, 친척들이 다 왔다.

다음날 형들과 바닷가에 갔다.

"야 파도야. 왜 거기서만 쳐 주는거야?"

"야, 너 파도한테 욕하지 마!"

그런데 큰 파도가 오고 있었다. 딱 보니, 용처럼 생긴 파도가 나한테 오고 있었다. 나는 '엄마' 라고 불렀는데, 엄마가 없었다.

"치치치치치!"

파도가 쳤다.

"퇴퇴퇴, 물맛이 왜 이래?"

물이 너무 짰다. 나는 물에 떠 있는 휴지가 눈일 줄 알고, 포카리 스웨트 캔이 잎인 줄 알았다.

집에 오면서 나는 반성을 하였다.

"파도야, 이제 욕 안 할께."

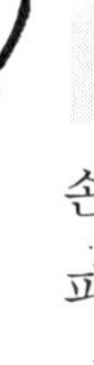

글쓰기 · 독서 여행

손슬옹 어린이는 남다른 재주를 가졌군요. 파도 소리를 흉내 낸 말이 재미있습니다. 이 글이 잘된 것은 바로, '치치치치치'와 같이 생동감 있는 단어가 있기 때문입니다. 글이 짧더라도 이처럼 신선한 말이 있으면 좋은 글이 됩니다.

산소를 다녀와서

이동욱 (관교 국교 4)

　우리 가족과 큰집 가족은 이번 방학에 산소에 갔다. 길이 막히지 않아서 빨리 갈 수 있었다.

　드디어 산소에 도착했다. 차에서 내려 공기를 마시니 기분이 상쾌했다. 우리는 4시간 전에 할아버지 산소에 도착한 것이다. 우리 가족은 조상님들의 산소에 절을 하였다. 여름이라 산소 근처의 풀들이 무성하게 자라 있었다. 누나와 나는 짧은 바지를 입어서 풀에 긁히고 누나는 쐐기에 쏘이기도 하였다.

　차를 타고 20분 정도 가니 큰 냇가가 나왔다. 그 곳에서 짐을 풀고 텐트를 쳤다. 아침을 11시가 넘어서 먹었더니 아주 맛있었다.

　조금 후에 우리는 냇가로 들어가서 물고기도 잡고 돌에 붙은 다슬기도 따면서 재미있게 놀았다.

　2시쯤 되니 소나기가 내렸다. 잠깐 사이에 우리 텐트는

홍수를 만났다. 텐트에 앉아 있으니 마치 물 위에 떠 있는 기분이었다.

비가 그치자 집으로 돌아가려고 짐을 챙겼다.

할아버지 산소에서 절을 하고 메뚜기도 잡아서 매우 재미있었다. 할아버지를 뵌 적이 없지만, 할아버지가 계셨기에 지금의 내가 있을 것이라는 생각이 들었다. 차를 타고 가다 보니 얼어붙은 발이 어느새 녹아 있었다. '하루를 자고 갔으면 더 좋았을 텐데……' 이런 아쉬움도 있었다.

글쓰기 · 독서 여행

여행지의 느낌을 '재미있었다' 와 '맛있게 밥을 먹었다' 로 다 말할 수 있을까요? 여러 가지 재미난 일을 풍부하게 묘사할 수 있어야 합니다. 이동욱 어린이의 글은 그런 점에서 너무 단순한 것 같습니다.

싱가포르와 발리를 다녀와서

이재후 (대구 영신 국교 1)

월요일 비행기를 타고 서울로 올라가 호텔에서 하룻밤을 자고 김포 공항에서 싱가포르로 갔다.

싱가포르에 도착하니 나무들이 참 많았다. 싱가포르를 상징하는 꽃 서양란도 많이 있었지만 '멀라이온' 삼도 많았다. 멀라이온 삼은 머리는 사자이고 몸은 물고기 모양을 하고 있었다.

싱가포르에서는 중국어, 말레이지아어, 영어 이렇게 3가지 말을 사용했다.

다음날 발리로 갔다. 열대 지방이라서 그런지 열대 나무가 많았다.

'낀따마니' 화산을 보러 갔는데 비가 많이 와서 화산에서 연기가 나는 모습을 보지 못하였다. 뿐만 아니라 내린 빗물이 빠지지 않아 4시간 동안이나 차 속에 갇혀 있어야 했다.

　시골 길은 아직 배수 시설이 좋지 않아서 그렇다고 안
내 아저씨께서 말씀했다.

　발리는 힌두교를 믿는다. 그래서인지 장소마다 전설이
많고 사원도 많았으며 제사도 매일 지냈다. 또 한 가지
특이한 점은 대문이 없고 대문 기둥만 양 옆에 세워진 집
이 많았다.

　이것은 여기에 들어올 때는 마음을 비우고 열린 마음으
로 들어오라는 뜻이라고 한다.

　나는 그렇게 먹고 싶어 했던 야자 열매를 먹어 보았다.
막상 먹어 보니 '포카리 스웨트' 맛이었다.

　집에 돌아오니 싱가포르와 발리 생각이 많이 났다. 나
무와 숲이 우거진 나라였다. 하지만 그 곳은 너무 더워서
우리 나라가 살기 좋다는 것을 알았다.

글쓰기 · 독서 여행

기행문의 제목은 보통 '……를 다녀와서' 로
됩니다. 특히 어린이들의 글에서는 더합니
다. 좋은 글은 그 글의 내용을 잘 보여 줄 수
있는 제목을 씁니다. 예를 들어 '나무와 숲이 우거진 나라' 라
고 하면 어떨까요?

〈아! 고구려〉전을 보고

김태준 (인천 교대 부속 국교 4)

나는 지난 일요일, 버스를 타고 인천 종합 예술 회관엘 갔었다. 그 곳에서는 〈아! 고구려〉 벽화 전시회가 열리고 있었다.

전시회장에 도착했을 때는 매우 더웠고, 일요일이라 그런지 많은 사람들로 붐볐다. 하지만 막상 안에 들어가니 시원한 바람이 솔솔 나왔다.

내가 제일 먼저 본 것은 무덤의 벽 천장과 받침돌에 그려진 벽화였다.

벽화에는 갖가지 신들이 많았는데, 세 발 달린 까마귀는 해의 신을, 두꺼비는 달의 신을 상징한다고 한다.

슬라이더 영상을 할 때에는 광개토대왕의 무덤을 보았지만, 지금은 거의 훼손되었다고들 한다.

그 밖에 내가 본 신들은 농사의 신, 수레의 신, 역사상 등이었다. 수레의 신은 그 당시의 교통 수단을 알려 주며

뱀을 목에 칭칭 감고 있는 역사상은 무덤을 지키는 신이
라고 한다.

　나는 이 많은 문화재들이 왜 중국이란 나라에 있는지
몰랐다. 그 당시 고구려는 우리 나라였지만, 전쟁을 하여
땅을 빼앗겼다. 그래서 지금은 중국이란 나라에서 힘들
게 만들어진 벽화 문화재가 훼손되고 있다고 한다.

　중국 사람들은 자기네 것이 아니라고 해서 잘 보존하지
않은 것 같다.

　나는 이곳을 견학한 후에 중국에 있는 고구려의 벽화를
되찾아 잘 보존시켜야 겠다는 생각을 했다. 그래서 우리
의 역사를 다시 배우고 고구려 정신을 후손에게 물려 주
어야지.

글쓰기 · 독서 여행

이 글은 견학문입니다. 여느 기행문과 달라
서 견학지의 모습이 잘 나타나면 좋겠지요?
김태준 어린이는 자신의 느낌은 썼지만, 벽
화 전시회의 이모저모에 대해서는 너무 소홀했습니다.

과학의 첫 만남

김 진 (신정 국교 6)

"우와! 저 빛나는 한빛탑을 봐! 저게 93m이고 1993개의 돌로 이루어졌대. 굉장하지? 와, 대단히 반짝거린다……."

박람회장이 눈에 보이자 우리는 햇빛에 반사되어 눈부시도록 반짝거리는 한빛탑을 보며 저마다 한마디씩 했다.

대전 엑스포 93. 세계 속의 한국인이라는 걸 증명하기 위해 버스 안에서의 놀이도 금했던 우리였다. 엑스포는 88올림픽 이후의 큰 행사로 우리 한국의 과학 기술의 발전을 온 세계에 보여 준 것이다. 그런 사실 때문에 회장 안에서 외국인을 보게 되면 괜스레 자랑스러웠고, 뭐랄까? 자부심이나 긍지가 생겼다. 저번에 엄마와 함께 '수박 겉핥기' 식으로 대전 박람회장을 방문했을 때의 기분과 지금의 웬지 모를 설레임은 차원이 너무도 달랐다.

과학의 발전과 많은 것을 보여 준 자원 활용관은 지금도 눈에 선하다. 특히 '에너지 코스모스'라는 기계가 기억에 남는다.

'저 훌륭하고 짜임새 있는 에너지 코스모스가 정말 우리 손으로, 우리 기술로 만들어진 거야? 놀라운데?!'

작동하고 있는 에너지 코스모스를 보고 있는 사람들의 표정을 보니 모두 나와 같은 생각인 듯했다. 그 정도로 훌륭하고 아니, 웅장했다. 말로는 제대로 설명도 할 수 없을 만큼……. 사진을 찍어도 된다는 도우미 언니의 말에 정신없이 사진기에 손을 갖다 댔지만 사람의 손으로 만들어진 것 같지 않은 많은 시설들을 사진으로 완전히 나타내기는 어려웠다. 나는 그러한 시설들을 볼 때마다 벌린 입을 다물 줄 몰랐다. '크린 에너지'니, 모두 다 듣도 보도 못한 말이었다. 내가 과학의 발전에 관심을 두고 있지 않았던 것인지, 아니면 우리 나라의 과학이 이만큼 발전한 것인지, 새삼 놀랐다. 그러나 값진 발견이었다.

"이 곳 자원 활용관 영상관은 레이저와 영상이 어우러져 환상적인 10분을 만들어 드릴 겁니다. 그럼……."

마이크를 통해 들려 오는 예쁜 목소리에 난 이 영상에 흥미를 느꼈다. 뒤를 돌아보니 작은 TV에서 각기 다른 영상이 나오고 그것이 큰 화면에 비춰졌다. 초록색 레이저는 이리저리 자유자재로 움직이며 화면을 멋지게 수놓았다. 하나 하나에 뜻이 기린 영상과 레이저가, 마치 외국에서나 볼 수 있을 만한 장면이 내 눈앞에서 펼쳐지는 것을 보고 놀랐으며 한편으로는 신기했다. 발달된 우리 나라의 과학 기술을 다시 한 번 새롭게 맛보니 나의 자부심과 자랑스러움은 더해만 갔다. 이렇게 발달된 나라의 어엿한 국민인 만큼 외국인에게 훌륭한 행동을 보여 주어야겠다는 생각이 머리 속에서 물결쳤다.

'정부관? 흠, 정부관에는 어떤 것이 전시되어 있을까? 또 그것들은 내게 무엇을 느끼게 해 줄까?'

자원 활용관에서 많은 것을 느낄 수 있었던 나였기에 은근히 정부관에도 기대와 흥미를 가졌다. 전통적인 삶을 아름답게 나타낸 1층 꽃길을 지나 무빙 벨트로 2층에 올라가니 비단길과 지름길, 이음길 등이 날 기다리고 있었다. 지름길은 6·25의 공포와 파괴의 혼란을 극복하려는 한국인의 모형이 많아 내 눈길을 끌었다. 천막에서 야학하는 나이 많은 학생들, 부서진 자동차, 그 주위에 널린 고철들……, 초창기 공장, 이런 모형들을 보니 모두 거짓말 같았다. 불과 40년 전에는 이렇게 비참했단 말인가?

지금은 너무도 눈부신 과학인데……. 믿기지가 않았다. 하지만 모두 보이지 않는 곳에서 열심히 일한 사람들의 땀의 결실이라 생각했다.

　벼랑길은 정말 다시 보기도 싫었다. 산업화로 인한 다양한 부작용, 산성비……. 산업화는 우리 생활에 편리함을 주기도 하지만 그 반면에 공해, 자연 파괴, 사회 문제가 우리 인간에 주는 영향이 너무도 크다는 걸 피부로 느꼈다. 과학은 편리함과 파괴력을 지니고 있다. 그것을 어떻게 쓰느냐에 따라 결과가 달라진다고 생각한다. 그리고 앞으로 나부터 환경을 지키는 환경지기가 되겠노라 다짐했다.

　벼랑길의 기억을 떨칠 수 있는 이음길에서는 내가 나아가야 할 길을 설계하였다. 인간과 자연, 과학이 서로 조화를 이룰 때, 엑스포의 주제인 '새로운 도약에의 길'을 찾을 수 있다고 느꼈다. 무지개 터널을 지나면서 신비한 영상 레이져 쇼를 구경했다. 소리와 빛이 자아내는, 하나의 예술 작품이라고 할까?! 무지개 터널은 한마디로 환상의 과학 터널이었다. 다시 1층으로 내려가니 화가 로봇과 조각가 로봇이 그림을 그리고 얼굴을 조각하고 있었다. 모델이 나와서 그림을 그리게 되었는데 그 과정이 신기하고 정교했다. 정말 정밀하고 세세하게 그렸다.

　'저것이 진정 우리 사람이 만든 건가? 아! 우리 사람의 힘은 참으로 놀랍구나……. 그래 나도 인간이고, 내 속에 잠들어 있는 내 힘이 언젠가 폭발할 것이야. 아! 이 기분…….'

나는 내 손을 내려다보며 나도 모르게 두 주먹을 불끈 쥐었다. 흠……, 어째서 이런 기분이 드는 걸까? …….

말로만 듣던 '로봇 사물놀이'도 참 볼 만했다. 네 명의 로봇이 직접 연주하는 농악은 아니지만, 그 모습, 연주하는 듯한 모습이 인상적이었다. 과학과 농악이 조화를 이룬 한마당! 정말 보기 좋았다. 그리고 막이 내리자 아쉬움의 한숨 소리가 여기 저기서 들려 왔다.

정부관 관람을 알차게 마치고 다시 엑스포 회장을 둘러본 나는 과학이란 새롭고도 오랜 친구가 내 곁에 서 있다는 걸 알았다. 크게만 느꼈던 한빛탑이, 넓게만 보이던 우주와 하늘이 과학과 손잡으니 가깝고 친근하게 느껴졌다. 왜일까? 기계음 나는 많은 시설들이 친구같이 느껴진 것은 아마도 과학 덕분이 아닐까? 이미 우리는 과학과 많이 접하고 있다. 이번 엑스포 회장을 방문하고 나서는 그런 생각이 내 머리에서 떠나가질 않는다. 앞으로의 과학이 어떤 2000년대를 이루어 줄지, 나의 매래에 과학은 어떤 영향을 줄지 나는 정말 기대가 된다.

지금 가만히 눈을 감고 미래를 마음껏 그려 본다. 로봇은 없어서는 안 될 필수품일 테고, 농촌의 기계화, 도시의 자원 보전, 컴퓨터의 일반화 이 모든 것과 과학의 힘!! 그러나 나는 벼랑길을 절대 잊지 않는다. 자연과 인간, 과학이 손잡고 같이 나아갈 때, 행복한 초록별 지구가 된다는 나의 믿음은 과학이 존재하고 또 계속 발전하고 있는 이상 지워지지 않을 것이다.

(대전 엑스포 현장 감상문 모집 국교부 대상작)

글쓰기 · 독서 여행

「과학의 첫 만남」은 엑스포 현장을 견학하고서 느낀 여러 가지 생각을 잘 정리하였습니다. 박람회장을 돌아보면서 꼼꼼히 기록을 한 흔적은 글 속에 사용된 많은 용어들이 보여 주고 있습니다. 견학이란 현장 방문을 통해 학교에서 접하기 힘든 내용을 몸으로 느끼고 찾아 내는 것입니다.. 김진 어린이는 대전 엑스포를 견학하면서 여러 곳을 보았으며 동시에 기록을 통하여 자신의 느낌을 구체적으로 전달할 수 있도록 애쓴 모습을 보여 주고 있습니다. 또한 딱딱해지기 쉬운 견학문을 '대화문'을 통해 생동감 있고 현장감 있는 글을 썼습니다. 마치 현장에 같이 있는 것처럼 읽는 사람으로 하여금 실감을 느낄 수 있도록 하였습니다.

그러나 견학문은 날카로운 비판 정신도 가지고 있어야 합니다. 왜냐하면 현실 속의 여러 가지 일들은 서로 복잡하게 얽혀 있기 때문에 쉽게 감동만 받아 버리면 다양한 면은 볼 수 없기 때문입니다. 가려진 모습을 볼 수 있어야 문제점을 해결할 수 있는 방법을 찾을 수 있기 때문입니다. 「과학의 첫 만남」은 처음부터 끝까지 우리 나라의 과학 발전에 대해 감동하고 있어 객관적이고 냉철한 판단력을 보여 주지 못하고 있습니다. 과학의 발전이 갖는 긍정적·부정적인 면과 함께 자기가 바라는 과학의 모습을 넣어 보았으면 더 좋은 글이 될 수 있었을 것입니다. 우리 나라의 과학이 발전한 것은 사실이지만 거기에는 나라의 정책만이 아니라 과학자와 온 국민의 땀이 스며들어 있는 것이기 때문에 위대한 것입니다.

견학문을 쓸 때는 반드시 기록을 통해 견학한 내용을 기억하여야 하고, 객관적이고 비판적인 시각으로 어떤 대상의 단면만을 보지 말고 공정하게 알 수 있도록 해야 합니다.

청소년 독서 · 글쓰기

양형께 드립니다

김진균

양형!

다시 봄은 어김없이 난초 파란 새순에 안겨 찾아들고 있습니다.

오래 소식을 끊었다가 이렇게 새삼스럽게 양형을 찾는 것은 이은성 선생의 「소설 동의보감」을 다 읽고 난 후의 방금, 무어라 형언할 수 없는 감동의 혼란 속으로 양형의 얼굴이 불쑥 떠올라서입니다.

나는 6개 월간의 기한으로 지난날 양형과 함께 먹고 자며 시계 수리 기술을 익히던 재활원의 생활을 찬찬히 반추해 보아야 했습니다.

그런데 양형, 그 어려웠던 시절을 반추하면 할수록 양형과 이 소설의 주인공 허준은 많은 부분에 닮아 있었습니다. 허준이 소외 계층이 아니었고 그가 사귀는 양반 자제들처럼 출세가 보장되어 있었다면 결코 의학을 공부하지 않았을 것이며, 양형도 불구자가 아니었다면 결코 시계 수리하는 기술 따위는 생각도 하지 않았을 것입니다.

허준이 인간의 병을 고치는 것같이 양형은 시계의 병을 고치고 있습니다. 비록 인간과 시계의 차이는 있을지라도 병든 것을 치유하는 일을 한다는 데에 두 사람이 닮아 있습니다.

과분한 비교라고 양형은 펄쩍 뛸지도 모릅니다. 하지만 도저히 움직일 것 같지 않은 고물딱지 시계를 며칠 동안 정성을 다해 수리하여서는 결국 째각거리며 움직이게 하는 정성과 환자를 위해 사흘밤을 꼬박 세우는 허준의 집념은 둘이 아닙니다.

그리운 양형! 양형이 시계를 잘 고치는 것이나 허준이 병자들을 잘 완치하는 것에는 오래도록 갈고 닦은 실력도 실력이지만 그 바탕에 철저한 장인 정신이 스며 있기 때문이 아닐까요. 장인 정신이 철저했기 때문에 허준이 병자의 피고름을 입으로 빨아낼 수 있었으며 양형은 또 손목시계의 그 작은 톱니바퀴를 외눈 확대경을 통해 바라보고 또 바라볼 수 있지 않았을까요.

양형! 이제 깊은 밤입니다.

이런 때에도 전등불 밑에서 어딘가 아프다고 호소하는 시계들을 어루만지며 양형은 그들에게 사랑을 나누어 주고 있을 것입니다.

212

내내 건투를 빕니다.

92년 봄, 안동에서…….

(창작과 비평사 주관
「소설 동의 보감」 독후감 모집 대상작)

앞의 국민학생 글쓰기를 참고하면서 공부를 해 보세요.

제목 · 구성 · 주제 · 문장 · 낱말 등과 그 밖의 설명들을 자세히 보세요.

글쓰기의 기본 원칙은 별다르지 않습니다.

여기서는 중복되는 말은 피하고 꼭 필요한 몇 가지 사항만 이야기해 보겠어요.

■ 글쓰기는 기술 이전에 내용이 우선이다

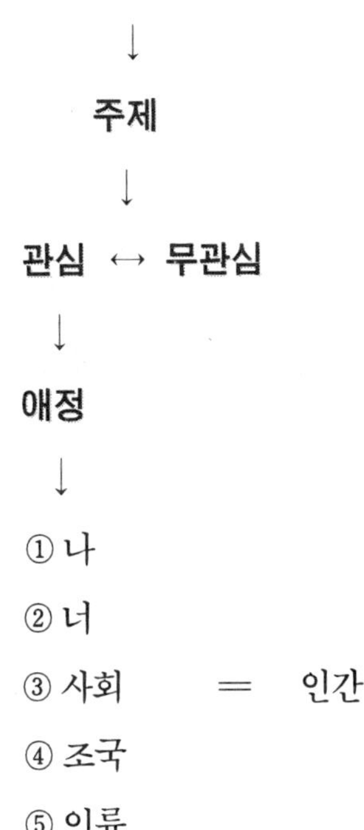

기술만으로는 좋은 글이 되지 않습니다. 글은 사람에 대한 따뜻한 애정이 있어야 깊은 감동을 전달할 수 있습니다. 나뿐만이 아니라 사회와 조국, 인류를 포용하는 넓은 마음을 가질 때, 훌륭한 글을 쓸 수 있습니다.

■ 문학 작품의 주제는 주로 사람들의 삶 을 다룬다

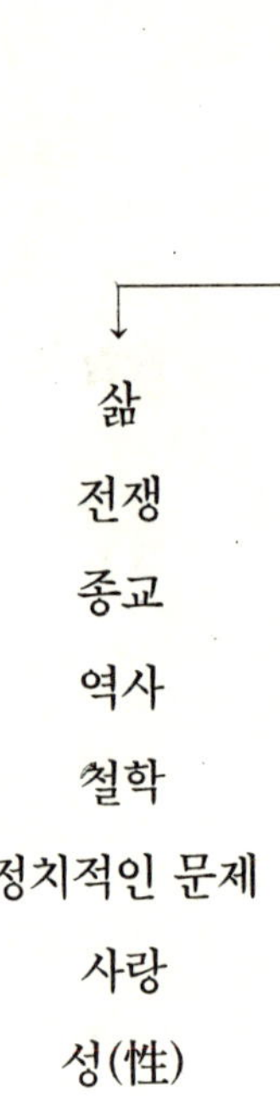

　　우리 나라의 뛰어난 작품만이 아니라 세계의
명작들은 대부분 사람들이 살아가는 모습을 형
상화하고 있습니다. 기쁘기도 하고, 슬프기도
하며, 때로는 괴롭고 힘들지만, 아름다운 사랑
이 있는 여러 가지 삶의 모습을 표현합니다.

문학 작품의 겉과 속

(속을 잘 알아야 작품을 바르게 이해할 수 있다.)

<table>
<tr><td>

진달래꽃

떠나는 님에게
꽃을 뿌려줌

</td><td>

아리랑

나를 버리고
가시는 님은
십 리도 못 가서
발병 난다

</td></tr>
</table>

▶ 「진달래꽃」과 「아리랑」의 겉모습은 다르지만 속 내용은 같습니다. 두 작품 모두 사랑의 마음에 있어서는 다르지 않은 것입니다.

▶ 겉모습만으로 두 작품의 내용을 이해하면 완전히 엉뚱한 해석을 하게 되었을 것입니다. 속 내용을 깊게 생각해 보세요.

문학 작품 속(핵심)의 몇 가지 예

1. 소설 동의보감 (이은성 지음)

핵심 : 허준의 두 가지 변화.

　　　 (수많은 어의들이 있었는데, 유독 허준이

　　　　 오늘날까지 남아 있는 까닭은?)

(1) 첫번째 변화

신분 상승에 대한 집념, 출세를 향한 노력.

서자 출신에 대한 차별 때문에 맺힌 한.

(2) 두번째 변화

　스승 유의태(자신의 몸을 제자가 해부할 수 있도록 함)

와 김민세(자기 아들을 죽인 원수의 아들을 친아들로 거

둠)에게 받은 영향. 개인의 영달을 위해 공부(의학)를 하

는 것이 아니라는 깨달음.

♣ 가난하고 못 배운 백성들이 쉽게 의학의 혜택을 받을 수 있도록

　 의서 「동의보감」을 저술. (백성들을 생각함)

2. 노인과 바다 (헤밍웨이 지음)

핵심 : 희망

노인은 파도와 상어떼와 싸웠지만 실은 자기 자신과의 싸움이었다. 산티아고 노인은 자기가 잡은 고기가 뼈만 남을 것이라는 걸 이미 알고 있었는지도 모른다. 노인이 잡으려고 한 것은 한 마리 '희망'이라는 물고기!

3. 메밀꽃 필 무렵 (이효석 지음)

핵심 : 허생원의 기구한 사랑, 기구한 삶.
        짐승과 사람이 같이 늙어감(늙은 나귀).
        서정성에도 유의.
        (소금 뿌린 듯한 메밀꽃밭……)

4. 배따라기 (김동인 지음)

핵심 : 인생 무상 (인생의 덧없음)
중심 소재 : 이별

5. 백치 아다다 (계용묵 지음)

핵심 : 돈과 사랑

독후감 시작의 예

1. 운수 좋은 날 (현진건 지음)

사람의 '운'에 대해서 생각해 볼 수 있다.

운의 사전적 의미는 '사람의 힘을 초월한 천운과 기수'라 나와 있다.

2. 동백꽃 (김유정 지음)

동백꽃에 대해서 얘기하면서 시작할 수 있다.

(꽃 = 붉다, 겨울에 핀다, 사랑·정열)

"나는 동백꽃을 본 적이 있다. 잎은 윤기가 있고……."

3. 날개 (이상 지음)

새의 날개로부터 시작할 수 있다. 마찬가지로
나비의 날개, 잠자리나 비행기의 날개도 같다.
날개에 대한 나의 생각으로부터 써 보자.

▣ 좋은 책을 고르는 기준

▶ 책에 담긴 내용이 자녀의 경험 수준에 맞고 재미있는가.

▶ 올바른 가치관과 세계관을 세우는 데 도움이 되는가.

▶ 여럿이 더불어 사는 지혜를 담고 있는가.

▶ 우리 사회와 역사를 바로보게 하고 있나.

▶ 생명과 자연의 신비를 일깨워 주는가.

▣ 책의 종류가 다르면 읽는 방법도 책에 따라 다르게 해야
한다. 예를 들어 사람의 삶이 담긴 문학 책은 줄거리에 빠져
들어 읽으면 되지만, 역사 · 사회 과학 책 등은 책에 담긴 내
용을 따져서 읽게 하는 게 필요하다. 이와 함께 자녀의 수준
과 상황에 맞춰 책을 권하는 것이 바람직하다.

(강혜원, 「즐거운 독서 여행」에서)

중 · 고등학생이 읽어야 할 도서 목록

♣ **월간 중학 독서 평설** (지학사)

♣ **월간 고교 독서 평설** (지학사)

♣ **한샘 미네르바 문고 (5권)** (한샘)

· 길은 길을 따라 끝이 없고

· 왜 사냐고 물으면

· 함께 걷는 이 길은

· 아름다운 세상 아름다운 사람

· 이 하늘 이 바람 이 땅

♣ **에센스 한국 단편 문학 (11권)** (한양출판사)

♣ **한국 단편 · 중편**

「배따라기」(김동인) · 「감자」(김동인) · 「벙어리 삼룡이」(나도향) ·

「메밀꽃 필 무렵」(이효석) · 「날개」(이상) · 「백치 아다다」(계용묵) ·

「동백꽃」(김유정)·「봄봄」(김유정)·「운수 좋은 날」(현진건)·「서울·1964 겨울」(김승옥)·「난장이가 쏘아올린 작은 공」(조세희)·「아홉 켤레의 구두로 남은 사내」(윤흥길)·「삼포 가는 길」(황석영)·「엄마의 말뚝」(박완서)·「미망」(김원일)·「우리들의 일그러진 영웅」(이문열) 외

♣ 선생님과 함께 읽는 우리 시 100 (실천문학사)

♣ 선생님과 함께 읽는 우리 수필 100 (실천문학사)

♣ 선생님과 함께 읽는 우리 논설 100 (실천문학사)

♣ 원소 발견의 역사 – 입체로 읽는 화학 (이인호, 자작나무)

♣ 엄정식 철학 기행 – 우리는 누구인가
   (엄정식, 철학과 현실사)

♣ 나의 문화 유산 답사기 (1, 2) (유홍준, 창작과 비평사)

♣ 소설 동의보감 (상·중·하) (이은성, 창작과 비평사)

♣ 청소년 문학상 수상 작품집 (1, 2) (문학사상사)

♣ 즐거운 독서 여행 (5권) (박영신 외, 내일을 여는 책)

♣ 한국 장편

「상록수」(심훈)·「삼대」(염상섭)·「탁류」(채만식) 외

♣ 세계 명작(장편)

「부활」(톨스토이) · 「죄와 벌」(도스토예프스키) · 「리어왕」(셰익스피어) · 「햄릿」(셰익스피어) · 「노인과 바다」(헤밍웨이) · 「춘희」(뒤마) · 「장 크리스토프」(로망 롤랑) · 「젊은 베르테르의 슬픔」(괴테) · 「백경」(멜빌) · 「몽테크리스토 백작」(뒤마) · 「폭풍의 언덕」(E.브론테) · 「여자의 일생」(모파상) · 「좁은 문」(앙드레 지드) · 「수레바퀴 밑」(헤르만 헤세) · 「전쟁과 평화」(톨스토이) · 「안네의 일기」(안네 프랑크) · 「쿠오바디스」(솅케비치) · 「적과 흑」(스탕달) · 「까라마조프의 형제」(도스토예프스키) · 「아Q정전」(루쉰) · 「대지」(펄벅) · 「바람과 함께 사라지다」(미첼) 외

◆ 중 · 고교생 자녀를 둔 부모들을 위한 독서 길잡이 책
「즐거운 독서 여행」 · 「독서 평설」 · 「책마을로 가는 징검다리」 · 「우리 아이들에게 무슨 책을 권할까」 · 「손에는 책을, 마음에는 꿈을」 · 「책과 어떻게 친구가 될까」

— 엮은이 선정

이런 아이에게는 이런 책을

◈ 판단하는 힘을 힘을 키워야 할 아이들에게는,

사람은 무엇으로 사는가 (창작과 비평사)

생각에도 길이 있다 (우리교육)

꼭 같은 것보다 다 다른 것이 더 좋아 (푸른나무)

철학 에세이 (동녘) 등을 권해 본다.

◈ 자녀가 글쓰기와 문학에 관심이 많다면,

밥 먹으며 시계 보고 시계 보며 또 먹고 (사계절)

이울에서 바다로 (온누리)

시의 길을 여는 새벽별 하나 (친구)

꽃이 사람보다 따뜻할 때 (푸른나무)

태백산맥 (한길사)

임꺽정 (사계절) 등이 알맞다.

◈ 역사와 현실 문제에 관심을 갖고 있을 때는,

몽실 언니 (창작과 비평사)

세상의 절반, 여성 이야기 (우리교육)

거꾸로 읽는 세계사 (푸른나무)

친일파 99인 (돌베개) 등이 괜찮다.

◈ 과학과 인간 생활 · 환경에 관심 있으면,

파브르 곤충기 (고려원미디어)

푸른 지구를 되살리는 민들레 교실 (우리교육)

책 · 시계 · 등불의 역사 (연구사) 등이 알맞다.

◈ 만일 아이가 학교와 집에서 받는 고통으로
  흔들리고 있다면,

친구야 세상이 희망차 보인다 (동녘)

가지 많은 나무가 큰 그늘을 만든다 (내일을 여는 책)

날자, 깃을 펴지 못한 자여 (사계절)

오물덩이처럼 뒹굴면서 (종로서적) 등이 좋다.

— 월간 우리교육 선정

중학생을 위한 권장 도서 목록

◇ **갈매기의 꿈** 리차드 바크 **문예출판사** 문학(소설)

◇ **거꾸로 읽는 세계사** 유시민 **푸른나무** 인문(역사)

◇ **교실 밖 국사 여행** 역사학 연구소 **사계절** 인문(역사)

◇ **그리스 · 로마 신화** 토머스 불핀치 **범우사** 문학(신화)

◇ **꼭 같은 것보다 다 다른 것이 더 좋아** 윤구병 **푸른나무** 문학(산문집)

◇ **노란 손수건** 오천석 **샘터** 문학(산문집)

◇ **노벨상을 가슴에 품고** 오길록 외 **동아일보사** 과학 에세이

◇ **미덕의 책** 윌리엄 베네트 **평단문화사** 문학(산문집)

◇ **바보 이반** 톨스토이 **학원사** 문학(우화)

◇ **백범일지** 김구 **청목** 문학(자서전)

◇ **사람과 자연은 하나다** 이을호 **지식산업사** 환경서

◇ **사춘기** 필리프 라브로 **까치** 문학(소설)

◇ **서울의 고궁 산책** 허균 **효림** 인문

◇ **시튼 동물기** E.T. 시튼 **청목** 교양과학서

◇ **아! 고구려** 조선일보 문화부 **조선일보사** 인문(역사)

◇ **아인슈타인의 세계 천재 과학자의 초상** NHK 아인슈타인팀 **고려원미디어** 교양과학서

◇ **어머니 나의 어머니** 고은 외 **자유문학사** 문학(산문집)

◇ **역사로 읽는 우리 과학** 과학사랑 **아침** 교양과학서

◇ **우리가 정말 알아야 할 우리 태양계** 이향순 **현암사** 교양과학서

◇ **우리는 별을 쏘았다** 인공위성 연구회 **미학사** 과학에세이

◇ **우리 물고기 기르기** 최기철 **현암사** 교양과학

◇ **이솝 전집** 이솝 **민음사** 문학(우화)

◇ **재미있는 명심보감** 박상하 **풀잎** 고전

◇ **정지용 문학상 수상 시인 기념 시집** 박두진 외 **시와 시학사** 문학(시집)

◇ **중고생을 위한 마인드 맵 수학** 한국 부잔센터 **사계절** 교양과학서

◇ **초승달과 밤배** 정채봉 **한국예술사** 문학(소설)

◇ **탈무드** 마빈 토케이어 **홍신문화사** 문학(기타)

◇ **파브르 곤충기** 파브르 **고려원 미디어** 교양과학서

◇ **푸른 씨앗** 김용익 **샘터** 문학(소설)

◇ **하늘과 바람과 별과 시** 윤동주 **미래사** 문학(시집)

고등학생을 위한 권장 도서 목록

◇ **구운몽** 김만중 **서문당** 문학(고전)

◇ **국화와 칼** 루스 베네딕트 **을유문화사** 인문

◇ **글쓰기 열두마당** 허병두 **고려원미디어** 글쓰기 학습서

◇ **김수영 전집 l** 김수영 **민음사** 문학(시집)

◇ **다산 정약용 산문집** 정약용 **한양출판** 문학(고전)

◇ **돌베개 장준하 전집** 장준하 **세계사** 문학(전기)

◇ **발굴 한국 현대사 인물** 김명걸 **한겨레신문사** 인문

◇ **부분과 전체** 하이젠베르크 **지식산업사** 교양과학

◇ **무소유** 법정 **범우사** 문학(산문집)

◇ **삼국유사** 일연 **장락** 인문

◇ **생각하는 나무** 미국 어린이 개발원 **철학과 현실사** 문학(소설)

◇ **세계 문학 산책** 김승희 **한양출판** 인문

◇ **세계의 사상 100선** 김철호 외 엮음 **녹두** 문학(소설)

◇ **시간의 역사** 스티븐 호킹 **삼성출판사** 문학(기타)

◇ **아리랑** 님 웨일즈 **동녘** 인문

◇ **엔트로피** 제레미 리프킨 **동아출판사** 교양과학서

◇ **우리 가락 우리 문화** 한명희 **조선일보사** 국악

◇ **우리의 옛 노래** 임기중 **현암사** 문학(고전)

◇ **윤동주 평전** 송우혜 **열음사** 문학(전기)

◇ **21세기 한국과 한국인** 21세기 위원회 **나남** 기타

◇ **정지용 전집 l** 정지용 **민음사** 문학(시집)

◇ **좋은 시 1994** 강경주 외 **삶과 꿈** 문학(시집)

◇ **중심의 괴로움** 김지하 **솔** 문학(시집)

◇ **천변풍경** 박태원 **깊은 샘** 문학(소설)

◇ **철학 이야기** 윌 듀란트 **문예출판사** 인문

◇ **책 어떻게 읽을 것인가** 고은 외 **민음사** 문학(기타)

◇ **책 읽기의 괴로움** 김현 **문학과 지성사** 문학(산문집)

◇ **토지** 박경리 **솔** 문학(소설)

◇ **한국인의 애송시** 서정주 외 **청하** 문학(시집)

— 교보문고 선정

(학년, 책 이름, 지은이, 펴낸 곳, 분야순)

◇ **1 삼대** 염상섭 **춘원** 문학

◇ **2 탁류** 채만식 **일신서적** 문학

◇ **2 꼭 읽어야 할 한국의 명수필 88** 손광성 **을유문화사** 문학

◇ **1 한국 대표 단편 문학선** 문학 교과서 수록 **번양사** 문학

◇ **2 고교생이 알아야 할 고전** 구인환 편 **신원문화사** 문학

◇ **1 선생님과 함께 읽는 우리 논설** 이상, 나희덕 **실천문학사** 문학

◇ **1 한국 현대시 200선** 양승준, 양승국 **예문** 문학

◇ **2 한국인의 상징 세계** 구미래 **교보문고** 인문

◇ **1 미술로 본 우리 역사** 전국역사교사모임 **푸른나무** 인문

◇ **2 나의 문화 유산 답사기** 유홍준 **창작과 비평** 인문

◇ **2 새롭게 쓴 한국 고대사** 김기흥 **역사비평사** 인문

◇ **1 어느 민족주의자의 죽음—장준하** 김삼웅 **학민사** 사회

◇ **2 교과서에서 배우지 못한 세계 지리** K. 데이비스, 이희재 역 **고려원미디어** 사회

— 신일고 독서 지도 위원회 선정

갯벌

음기수 (구월 중 2)

　서해에는 갯벌이 많다. 끝없이 펼쳐진 갯벌 너머 멀리 멀리 떠내려갈 것 같은 섬. 섬들은 수평선에서 파도가 되어 하얗게 부서진다. 갈매기들은 뭐가 그리 바쁜지 분주하게 날아다닌다. 검은 진흙으로 된 너른 벌판, 아무렇게나 솟아 있는 바위들. 내가 앉아 있는 곳은 갯벌에 박힌 바위이다.

　아무것도 없을 것 같은 물렁한 땅에도 꿈틀거리는 이들이 수없이 많다.

　또 갯벌에는 바닷길, 바닷강, 바닷둠벙이 있다. 바닷길은 갯벌의 길이라 할 수 있는데, 다른 곳은 푹푹 빠지더라도 폭 반 미터 정도의 바닷길로 가면 절대로 빠지지 않는다. 그리고 바닷강은 물이 흘러 들어오고 나가고 할 때의 중심이 되는 곳이며, 바닷둠벙은 갯벌에서 흔히 볼 수 있는 웅덩이다. 썰물 질 때 가 보면 망둥어 몇 마리쯤은 쉽게 잡을 수 있다.

갯벌은 살아 있다.

갯벌 가장자리엔 파도와 부딪히고 거센 바람을 이겨 낸 큰 바위들이 번쩍이며 서 있다. 파도가 만들어낸 예술품 중 가장 멋진 것은 바로 이 용 모양의 바위이리라. 파도에 깎이고, 햇빛에 말려져서 만들어진 비늘들……. 그 위에 서서 바다를 바라본다. 거기엔 부드럽지만 강한, 강하지만 부드러운 초록 파도가 있다.
바위 밑을 보니, 조그만 갯장구들이 고물고물 움직이고 있다. 어느새 친구들이 다가온다.
"그렇게 앉아만 있지 말고 게 잡으러 가자."
"나뭇대기로 돌 좀 들어 줘."
친구들의 즐거운 모습을 보자, 나도 모르게 껑충 뛰어 내렸다. 낑낑대며 돌을 들자 뭔가가 쏜살같이 달려간다. 조그만 게였다. 친구들은 갯벌을 오가며 능숙한 솜씨로 게를 잡았다. 잡는 대로 콜라 병에 집어 넣었다.
"아, 따거."
정신없이 게를 잡고 있는데, 친구 하나가 발을 싸잡는다.
"왜 그래?"

“저기 돌에…….”

친구가 가리킨 곳을 보니 조그만 따개비가 더덕더덕 붙어 있다. 갑자기 친구를 다치게 한 따개비가 미워졌다.

“죽어라, 따개비!”

발로 비벼 부셔 버렸다. 순간 아차! 하는 생각이 들었다. 따개비들은 전혀 그 친구를 다치게 할 생각은 없었을 것이다. 단지 죄가 있다면 그 돌에 붙어 있었다는 것밖엔.

잡은 게들의 수가 점점 늘어 가고 우리는 더욱 흥이 났다. 친구가 큰소리로 우리를 불렀다. 가 보니 둥근 껍질의 게 두 마리가 짝짓기를 하고 있었다. 아이들과 나는 그 게들을 뒤집기도 하고 던지기도 하여, 기어이 그들을 죽여 버리고 말았다.

7월의 태양은 더욱 강렬해지고, 콜라 병에 든 게들이 모두 죽고 말았다. 아이들은 재수 없다며 게들을 다 버렸다.

이 땅의 주인이 사람만은 아닐 텐데, 더구나 갯벌에 주인이 있다면 끝없이 꿈틀거리는 저들일 텐데 나를 포함하여 사람들은 왜 이리 무서운가.

갯벌에는 쓸쓸히 흩어져 있는 크고 작은 조개껍질들이 있다. 또 그 하얀 죽음들 곁에서 힘 없이 바둥거리는 병든 물고기! 물고기 살을 뜯어 먹고 있는 알 밴 게들이 있다.

　갯벌에는 구멍들이 있다. 낙지, 갯지렁이, 게 등이 파
놓은 수많은 삶의 구멍.

　갯벌에는 생로병사가 있다.

갯벌에 가서 보고 느낀 여러 가지 느낌이 잘
나타나 있습니다. 특히 '갯벌은 살아 있다'
고 느낀 점은 놀랍습니다. 그저 넓기만한 줄
알았던 갯벌에도 살아 움직이는 생명이 있다는 발견은 뛰어
난 것입니다. 잘 썼습니다.

개굴아 어딨니?

윤병수 (상인천 중 2)

"다음 시간에 개구리 해부를 하겠어요. 누구 잡아 올 사람 없어요?"

일학년 과학 시간이었다. 선생님 말씀이 끝나자 쉰네 명 중 자신 있다는 듯 몇몇이 손을 들었다. 대부분 도심에서 약간 떨어진 신도시 연수단지에 사는 아이들이었다. 연수단지는 10여 년 전만 해도 개펄과 논, 밭이 있던 곳이다. 그러나 지금은 큰 공단과 인구 45만 가구의 아파트가 들어서 몰라보게 변해 버렸다.

드디어 과학 시간이 되었다. 과학 부장의 말에 따라 우리는 과학실로 발걸음을 옮겼다. 처음 들어가 보는 과학실……. 신기하고도 장엄했다. 칠판에는 '개구리 해부 그림과 내부 명칭'이라는 고딕 글씨가 적혀 있었다. 긴 책상 위에 마치 외과병원에서 쓰는 듯한 앞이 굽어지고 날카로운 가위와 끝이 매우 뾰족한 칼 등이 잘 정돈되어 있었다.

또 진열장 위에 가지런히 놓인 병에는 요즘 보기 드문 꿩, 뱀, 토끼 등의 해부체들이 심장, 방광 등의 내장을 알코올에 풀어헤치고 있었다.

조 편성 대로 앉아 보니 나는 8조였다. 잠시 후 선생님께서,

"여러분, 우리는 귀중한 생명체를 죽여 가며 실험합니다. 이왕 하는 거 장난치지 말고 정성껏 해 주길 바래요……. 해부는 제일 먼저 네 다리에 핀을 꽂아 개구리 항문부터 목 바로 앞까지 자른 후……, 항문에서 양쪽 다리로 자르고, 목에서 양 팔로 자르세요. 그리고 난자가 있나 없나를 살핀 후, 교과서에 있는 명칭과 비교하며 관찰하세요……. 각 조장은 앞으로 나와 개구리 두 마리씩 가져 가세요."

조장이 앞으로 나가 개구리 두 마리를 가지고 왔다. 해부대에 놓았다. 개구리가 팔짝팔짝 뛰었다. 그 개구리를 잡아 마취병에 넣어 흔들었다. 개구리는 곧 죽은 듯 엎어졌다. 나는 8조의 대표로 가위를 들었다. 개구리의 항문부터 자르기 시작했다. 순간 어느 부분인지 잘 잘리지 않았다. 내 손에 점점 힘이 들어갔다. 식은땀이 났다.

'오도독, 오도독!'

뼈 잘리는 소리가 났다.

‘다른 아이들도 들었을까?’

나는 내 손을 통해 그 소리가 뚜렷이 전달되는 것을 느꼈다.

대장, 방광, 심장, 난자 등이 섞여서 마치 설사똥 같았다. 끔찍한 생각이 들었지만 ‘이건 죽었어’라고 생각하며 계속 관찰했다. 내장을 자르니 진흙, 메뚜기들이 들어 있었다.

그렇게 한참을 관찰하다 핀을 빼니, 내장을 다 드러낸 개구리가 ‘개골!’ 하고 펄쩍 뛰었다. 그리고 힘 없이 쓰러져 죽는 것이었다.

어느새 수업 끝나는 종이 울렸다. ‘휴!’ 30분도 안 되는 과학 실습 시간이 3시간처럼 느껴졌다.

방과 후, 집에 오자마자 어머니께 말씀드렸다.

“엄마, 나 오늘 개구리 해부했어요.”

“병수야, 요즘도 개구리 있니? 어디서 사 온 것 아니니?”

나는 아무 대답도 하지 못했다.

저녁을 먹고 학교 숙제를 하는데, 그 뼈 잘리는 소리가 내 머릿속에서 울렸다. ‘오도독, 오도독!’ 잊을만 하면 다시 그 소리가 들렸다.

뻐꾸기 소리가 났다.

“뻐꾹, 뻐국, 뻐꾹…….”

　11시였다. 자고 싶었다. 침대에 누웠으나 개구리 생각으로 머릿속이 복잡했다. 좀체 잠이 오지 않았다. 시간이 얼마나 지났을까. 아득히, 신천리 개구리들이 보였다.

　시냇가에서 매일같이 모래를 물 위에 차곡차곡 쌓아 댐을 만들었는데, 진짜 댐처럼 수문도 만들고 잘 다듬었다.

　"형, 그 곳 잘 막아. 물이 자꾸 새잖아."

　"알았어. 어, 저기 봐. 개구리가 개구리 먹네!"

　"어, 정말. 저 개구리가 미쳤나?"

　"병수야, 댐 막아. 댐이 터지잖아!"

　형과 나는 잠시 망설이다 두려움을 떨치고 주먹만한 초록빛 큰 개구리의 입을 열었다. 작은 개구리를 떼어 놓고 큰 개구리를 괴롭혔다. 작은 개구리는 나에게 고맙다는 인사도 하지 않고 사라져 버렸다. 큰 개구리를 계속해서 괴롭히니 결국 죽어 버렸다. 그 날 밤 개구리 울음소리가 유난히 컸다.

　뻐꾹이 소리가 다시 들렸다. 우리 집이 도심으로 이사온 후 개구리는커녕 곤충 울음소리조차 듣기 힘들다. 그렇게 흔하디흔하고 특별하지도 않았던 개구리가 천연 기념물이 될지도 모른다. 어쩌다 신천리에 들려도 도무지 찾기 힘든 개구리를 생각하며 옛 개구리를 조용히 불러 본다.

　"개굴아, 어딨니?"

'실험 시간'의 긴장감을 그대로 느낄 수 있습니다. 개구리 해부 장면을 자세하고 꼼꼼하게 써서 좋은 글이 되었습니다. 그러나 글의 마지막 부분에서 '신천리 개구리'를 떠올리는 것은 글 전체와 어울리지 않습니다. 오히려 계속해서 실험 시간에 겪었던 일을 떠올려 보면 좋을 듯합니다.

산

장원익 (동산 중 3)

큰 산에는 양지와 음지가 함께 있습니다. 동서남북 어느 한 쪽에는 햇빛이 쨍쨍 내리쬐는데, 다른 쪽은 어두운 저녁입니다.

큰 산에는 사계절이 함께 있습니다. 산 정상에 흰 눈이 쌓였는데, 아랫녘에는 꽃이 피고 잎이 무성해지기 시작합니다. 또 지난 겨울 눈 속에 파묻힌 낙엽이 이제야 말라 가을날 뒹구는 잎들 같습니다.

큰 산은 엄하고 인자한 두 얼굴을 가졌습니다. 뾰족뾰족한 칼처럼, 혹은 호랑이처럼 으르렁거리며 성내다가도 어느새 순한 토끼가 되어 깡충깡충 언덕을 내려오고 있습니다.

사람들은 산과 가까이 있습니다. 그래서인지 사람들에게는 하나씩의 산이 있는 것 같습니다.

이상구 선생님을 처음 만난 것은 국민학교 5학년 때였

습니다. 큰 키에 네모난 안경 너머로 보이는 반쯤 감긴
눈은 마치 쌍거풀 수술에 실패한 사람 같았습니다.

외모와 다르게 선생님은 우리에게 매우 엄하셨습니다.
수업에 회초리를 지참하셨고, 조그만 실수에도 매질을
하셨습니다. 그런 성격 때문에 아이들은 선생님을 미워
하기 일쑤였습니다.

그러나 선생님의 눈을 보면 그런 생각이 사라집니다.
슬픈 빛이 어린 정말 깊은 눈이었습니다. 그러면서도 반
짝반짝 빛났습니다. 마치 생떽쥐베리의 어린 왕자 눈 같
았습니다.

"선생님은 노총각이셨습니다."

"선생님, 언제 장가 가실 거예요?"

"얼마 있다가."

89년 가을, 사랑하는 여자와 가을의 냄새를 맡으며 결
혼하기로 결정하셨다고 했습니다. 나는 어린 마음에 선
생님을 놀리고 다녔습니다.

"여자랑 한평생 잘살아 보시죠?"

그 무섭던 분께서 아이들이 이렇게 놀리고 다녀도 그저
웃음뿐이었습니다.

선생님은 결혼식을 몇 주일 앞두고 히말라야 산맥의 에
베르스트 산으로 출발하셨습니다. 한국에서는 두번째 등
반이었습니다. 한 달에 한 번은 무명의 산을 찾아 다닌다

고 하시더니, 나는 선생님이 산 타는 데 프로이신 걸 그때 처음 알았습니다.

우리는 학교 조회에서 선생님의 등반 소식을 들은 뒤 운동장에 먼지가 나도록 발을 구르며 박수를 쳤습니다. 기록을 앞당겨 주시길 바라며.

선생님이 출발하시는 날 텔레비전을 통하여 손을 흔드시는 선생님의 모습을 보았습니다. 공항에서 막 출국하기 직전이셨습니다.

그 후 선생님은 텔레비전으로 매일 나오셨습니다.

매일 밤 9시 우리 가족은 텔레비전 앞에 모여 앉았습니다. 3일이 지나자 선생님 일행은 산의 중턱에 올라 계셨습니다. 두 팀으로 나누어져 행군을 하고 계셨습니다. 하루하루 전진하는 선생님을 보니 자랑스러웠습니다.

그리고 거의 정상에 다다르던 9월 어느 날, 선생님이 출발하신 지 꼭 10일째 날에 우리 가족은 다시 텔레비전 앞에 모여 앉았습니다.

"오늘 오전 에베르스트 산 등반을 시도하던 이상구 씨는 갑작스런 눈사태로 사망하였습니다."

불행히도 정말 우리 선생님이셨습니다.

다음날 학교에서는 5학년 7반 학생들이 말 없이 눈물을 흘렸습니다. 교무실도 너무 조용했습니다. 아마 선생님의 애인도 가을 풀잎에 이슬 같은 것을 수없이 떨어뜨

렸을 것입니다.

산을 좋아하는 마지막 인생길이 산인 것은 **당연한** 일인지 모르지만, 아직 선생님은 너무 젊으셨습니다.

저승에도 산이 있다면 지금까지 산을 타고 계실 선생님을 그려 봅니다.

글쓰기 · 독서 여행

선생님께서 에베르스트 산을 등정하다가 그만 목숨을 잃어버린 슬픈 얘기를 담고 있습니다. 그런데도 오히려 차분하고 담담한 글을 써서 다른 사람이 보기에 더욱 감동을 줍니다. 글쓸 때 너무 감정이 앞서면 좋은 글을 쓸 수가 없습니다. 차분한 마음으로 잘 음미하면서 글을 써야 합니다.

팔 잃은 아버지와 다리 잃은 아들
―「수난 이대」를 읽고

이지은 (구월 여중 1)

"부모란 누구나 할 것 없이 자기 자식이 제일인 줄 아는 바보이다."

어느 수필가가 한 말이다. 바로 이런 분들이 **부모님**이시다. 그런데 만일 하나밖에 없는 아들이 6·25 동란으로 끌려가 다리 하나를 잃고 돌아왔을 때의 그 아버지의 심정은 어떠할까?

살아 돌아오기 힘들다는 전쟁터에서 삼대 독자인 아들이 온다는 소식을 듣고 아버지 박만도는 너무나도 기뻐했다. 여느 때 같으면 몇 번은 쉬어 넘었을 용머리재도 단번에 넘고, 읍내에 들어가 아들 진수 줄 고등어 한 손을 사 들고는 기차가 도착하기 몇 시간 전부터 아들을 기다린다.

부모는 정말 제 자식밖에 모르는 바보인가 보다.

아들 마중을 위해 기다리는 모습, 하나밖에 없는 팔로 물에 빠져서도 그 팔을 가리며 허우적거리는 회상 장면, 주모와의 격의 없는 대화.

내가 박만도의 순박함과 시골 사람들의 평범함을 느꼈던 장면이다. 그러나 그의 모습은 다리 잃은 아들을 보았을 때 결코 평범하지만은 않았다. 너무나도 꿋꿋하게 술 한 잔으로 지난날의 수난의 고통을 씻어 버렸다. 그것보다 박만도가 진수에게 국수 한 그릇을 권하고,

"그래도 우리는 살 수 있다."

라고 말하는 장면에서 나는 깊은 감동을 느꼈다.

6·25 전쟁으로 인한 아픔이 아직 가시지도 않았다. 그런데 요즘도 핵 문제니, 전쟁이니 하면서 서로 옳다고 주장한다. 만약 같은 혈육이 있는데, 누가 옳다고 서로 싸운다면 어떻게 될까? 한 집안에서는 잘잘못 따지기 전에 어머니가 자식을 끌어안듯 용서와 사랑이 필요한 것이다.

어린이들에게 싸우지 말라고 하시면서 어른들은 언제까지 싸울 것인가?

좋은 독후감은 자기가 받은 느낌이나 감동만
으로 되지는 않습니다. 자기가 보고 느끼는
생활에서 여러 가지 얘기를 더 넣어 쓰면 좋
습니다. 이지은 양의 글은 그런 점에서 평범한 것입니다.

권력보다 진실한 마음이 더 소중하다
―「우리들의 일그러진 영웅」을 읽고

원문정 (도화 여중 1)

　중학교 입학을 앞둔 내게 아버지께서는 「우리들의 일그러진 영웅」이라는 책을 사 주셨다.

　제목부터 관심을 끌었던 이 책은 권력보다 진실한 마음이 더 소중하다는 것을 깨닫게 해 주었다.

　엄석대는 급장이다. 그는 다른 아이들에 비해 큰 체격, 우수한 성적과 지도력으로 학급 전체를 지배하고 있어, 그의 권위는 학급 일에 무관심한 담임 선생님보다 높은 위치에 있다. 무슨 일이 생기면 선생님보다 급장을 먼저 찾고, 그의 해결에 아이들은 복종한다.

　한편 서울에서 전학 온 한병태는 이러한 권위에 대항하지만 그것도 학급 친구들의 따돌림 때문에 굴복하고 만다.

　내가 만약 한병태와 같은 처지였다면 엄석대의 권위에

대항했을까? 이러한 대항은 누구나 쉽게 할 수 없을 것이다.

엄석대는 시험 볼 때, 흔히 우리가 말하는 대리 시험으로 시험을 봐서 우수한 성적이다. 폭력으로 모든 것을 봐서 해결하려고 하는 것은 요즘의 사회 풍토와 비슷하다.

요즘은 돈으로 무엇이든지 해결하려고 한다. 대학 입시를 볼 때도 부정 입시를 하고, 미스 코리아 선발까지도 부정 행위를 일삼고 있다. 심지어는 인신 매매와 같이 사람을 사고 파는 것도 돈으로 해결하는 것이 요즘 사회 풍토이다.

엄석대와 한병태의 싸움이 계속되고 있는 어느 날, 학교에서는 대청소를 한다. 학급 일에 무관심한 담임은 청소 구역만 정해 주고 검사는 엄석대에게 시켰다. 갑자기 엄석대에게 잘 보이고 싶은 한병태는 자기가 맡은 유리창을 정성스럽게 닦는다. '호호' 불어 가면서 정성스럽게 닦은 유리창을 엄석대에게 검사 맡은 한병태는 합격시켜 주지 않는다. 3번째에 합격시켜 주던 엄석대에게 한병태는 아무 말없이 서 있는 것이다. 힘으로 이길 수 없다는 것을 안 한병태에게는 합리적이라고 할 수 있다.

언제나 한병태를 괴롭히는 것은 엄석대가 아니었다. 엄석대가 뒤에서 허수아비처럼 친구를 조종하는 것이었다. 마치 일제 침략 시대 때 우리 나라 백성을 일본 사람이 허수아비처럼 조종한 것…….

어느 날, 갑자기 한병태는 잘 대해 주는 엄석대에게 굴복하고 만다.

친구들의 돈과 물건을 빼앗고 이유 없이 친구를 때리는 엄석대의 비행은 새 담임 선생님에 의해 밝혀진다. 젊고 활기찬 담임 선생님은 아이들의 이상한 행동을 눈여겨 보고 엄석대가 저지른 갖은 비행을 낱낱이 파헤쳐 공개한다.

엄석대의 힘 없는 모습을 본 아이들은 언제 그랬냐는 듯이 엄석대를 배신하고 담임 선생님을 우러러본다. 이러한 생활에 지친 엄석대는 학교를 뛰쳐나간다. 한병태를 좌절시킨 것은 엄석대가 허수아비처럼 조종하듯 한 다수의 친구였다. 그러나 새 담임 선생님에 의해 다수의 친구는 엄석대를 배신한다.

나는 엄석대도 미웠지만 그를 배반한 다수의 친구가 더 미웠다. 우리 나라 역사에도 있듯이, 한 임금만을 섬기고 목숨까지 바친 그들을 엄석대의 여러 친구들은 기억해야 할 것이다.

요즘 사회도 마찬가지이다. 누구의 권력이 세면 그 사람에게 충성하고, 다른 사람의 권력이 세어지면 그 사람에게 충성한다. '간에 붙었다, 쓸개에 붙었다' 하는 사람들이다.

　이 책을 읽고 '권력보다 진실한 마음이 더 소중하다' 는 것을 깨달았고, 또 나는 요즘 사람들에게 돈보다 진실한 마음이 소중하다는 것을 알려 주고 싶다. 그리고 '어린이는 어른의 아버지!' 라는 말이 있듯이 순진한 어린이들에게 나쁜 영향을 준 어른들은, 원래의 동심을 본받아야 할 것이다.

문정이는 책의 핵심을 잘 파악하여 사회에서 일어나는 여러 부조리한 일과 연결킨 점이 좋아요. 그러나 줄거리 요약이 안 되었군요. 독후감에서 책의 줄거리를 다 이야기할 필요가 없어요. 꼭 필요한 부분만 이야기하면서 자기 생각을 곁들여 보세요.

사랑이란 무엇인가?
—「B 사감과 러브 레터」를 읽고

김민규 (신흥 중 1)

세상에는 별의별 희한한 사람들이 다 있다. 처음에는 남자를 도둑이라 욕하면서 혐오하던 사람이, 알고 보니 마음속으로 간절히 사랑을 그리워한다. 그야말로 우리의 옛 속담처럼 겉 다르고 속 다른 사람이 있다. 그 대표적인 예가 B 사감이다.

B 사감은 학생들 앞에서는 '사내란 믿지 못할 것', '우리 여성을 잡아 먹으려는 마귀인 것' 하며 남자를 잡아 먹을 듯이 한다.

그러던 어느 날 한 방에서 자던 세 처녀가 동시에 잠을 깬다. 그리고 소근대는 말이 나는 곳으로 갔을 때 놀랍게도 B 사감이 혼자 러브 레터를 읽으며 사랑 타령을 하고 있었다.

사람이란 결국 이런 존재밖에 되지 않는 것일까? 사랑

없이는 결코 살아갈 수 없는 것일까?

나는 아직 중1이라서 사랑에 대해 그리 깊게 생각해 본 적은 없다. 그러나 어른들의 세계에서는 어떤 모습으로 자리잡고 있을까? B 사감이 속으로는 사랑을 하면서도 겉으로는 부인하는 것은 자신의 못생긴 얼굴을 가리는 가면 정도밖에는 되지 않으리라.

하지만 '얼마나 외롭고 견디기 힘들었으면 그랬을까?' 하는 생각도 든다. 나도 셋째 처녀가,

"에그, 불쌍해."

하면서 동정했던 것처럼 B 사감을 따뜻하게 감싸 주고 싶다.

「종로, 어느 분식점에서 아우와 점심을 하며」를 읽고

유현정 (구월 여중 1)

…아우여, 20년 전 우리가 주린 배로 헤매던

서방 고새기 마을 빈 배추밭이 나타나는구나

추수가 수탈이었음을, 상실이었음을 그 때 우리는

몰랐어도

　다 거두어 간 뒤의 허한 밭이 우리에게는 더한 풍요

였다…

(황지우 시, 「종로, 어느 분식점에서
아우와 점심을 하며」 중에서)

　나는 얼마나 행복한가? 배를 굶주린 적도 없고, 동생과 배추를 주워야 할 그런 어려움도 없다. 난 그냥 동생하고 나 싸우고 반찬 투정이나 했다.

　가난하게 자란 두 형제의 모습이 눈에 선하다. 형은 아우처럼 가난을 없애려는 행동에 나설 수 없었던. 자기 자신(시인)의 길을 이야기하고 있는 것 같다. 그 이야기 속에는 동생의 길에 대한 깊은 애정과 함께. 두 사람의 길이 끝내는 만날 것이라는 믿음이 있는 듯하다.

요즘 MBC 드라마 〈서울의 달〉에서는 산동네 사람들의 이야길 하고 있다. 그 사람들은 지금은 고통을 겪고 있지만 희망을 갖고 열심히 살아간다.

이제 가난한 사람들의 어려움과 희망을 조금이나마 느낀 것 같다.

글쓰기 · 독서 여행

현정이의 시 독후감이 돋보여요. 그러나 전체적인 느낌과 아울러서 어느 구절에 대한 자신의 생각도 곁들이면 좋겠군요.

사춘기

○○○ (△△△여중 1)

사춘기는 어린이로부터 어른으로 성숙되는 시기 중에서 제일 중요한 시기라 한다. 난 지금 사춘기를 지내고 있는 것 같다. 그런데 신체적인 성숙, 나도 모르게 설레는 마음을 누가 알아주는 사람이 없다. 부모님인 엄마 아빠까지 알아주지 못하니 누가 알아주랴?

국민학교 때 우리 반 남자 아이에게 마음이 끌린 적이 있었다. 하지만 그 감정은 어느새 베를린 장벽이 무너지듯 우루루 무너져 버렸다. 그 이후로도 TV를 보며 마음이 끌리는 연예인을 보면서 그 연예인과 교제해 보고 싶은 마음이 있었지만 어리석은 생각이었다.

또 이런 면을 보면 성격이 예민해진 걸 알 수 있다. 누가 툭 쳐도 신경질, 뭘 시켜도 신경질, 몇 번이나 불러도 신경질, 신경질 내면 난 구미호로 변신해 간다. 나도 그러는 내 자신이 싫어질 때가 많다.

사춘기 때는 신체적 변화가 많이 온다. 난 일찍 사춘기가 온 것 같다. 키가 커지면서 나도 이휘재처럼 롱다리가 되어 버렸다. 또 여자는 커지면서 가슴이 봉지처럼 불룩해진다. 나도 가슴이 커졌다. 또 생리적인 현상도 일어났다. 그 생리적인 현상은 날 귀찮게 한다. 남자가 여자를 귀찮게 하듯이…….

사춘기 시절이라면 누구든지 자기는 X세대라는 것을 느낄 수 있을 것이다. 나도 물론 X세대라고 생각하고 있으니까. 난 명동의 오렌지족, 야타족, 낑깡족, 요즘 새로 탄생한 너타족이 아닌 미시족이다. 미시족은 미나리와 시금치도 못 다듬는 여자라고 하는데 난 둘 다 못 다듬는다.

그건 농담이고, 난 진짜 명동거리의 오렌지족, 야타족을 한번 해 보고 싶다. 난 외모가 못생겨(?) 멋을 부리는 것을 좋아한다. 떡판에 치장을 한다고 남들이 말할지도 모르지만 미니 스커트를 입어 보고 싶다. 왜냐? 첫째, 난 각선미가 아름다우니까! 둘째, 난 배꼽이 아름다우니까. 셋째, 그렇게 하면 이쁘니까.

마지막으로 사춘기 때는 공부할 의욕이 떨어진다. 나도 중학교 때 성적이 많이 떨어졌다. 시험 볼 때는 매일 꾸짖는 엄마의 모습이 어른거린다. 엄마가 꾸짖을 때는 날 학대한다는 생각도 든다. 성적표를 받을 때는 기분이 나쁠 때가 많다. 떨어지는 성적에 누가 뭐라진 않지만 내 자신이 너무 밉고 싫었다. 국민학교 때 행복은 성적순이 아니라고 느꼈지만, 중학교에 와서는 그렇지 않았다. 아주 나쁘지는 않은 상위권이지만, 상위권을 돈다고 해도 마음이 놓이지 않고 앞으로의 날이 까마득하다.

확실히 사람 마음은 천사와 악마가 자리잡은 것 같다. 그럼 어느 것이 사춘기 내 마음을 지배하고 있을까?

사춘기가 지나가면 가슴이 설렐까? X세대가 되고 싶은 마음이 사라질까? 성적은 오를까? 하는 생각은 사춘기가 지나갈 때까지 내 마음속에 미스테리처럼 남을 것이다. 사춘기가 지나가면 천사가 내 마음을 지배했으면 좋겠다. 하지만 사춘기가 내 마음속에 정거해 있을 때는 난 행복한 십대일 것이다.

글쓰기 · 독서 여행

자신의 고민을 솔직히 글로 쓰기란 참으로 힘든 일인데, ○○○는 구체적으로 사춘기의 고민을 써서 좋은 글이 되었어요.

맹인 부부

황치헌 (동암 중 2)

"잠시 후 열차가 도착합니다. 승객 여러분께서는 홈 안 전선 뒤로 물러나 주십시오."

성북행 열차가 우리 앞에 멈추었다. 문이 열리고, 어머니와 나는 전철 안으로 들어갔다.

전철 안은 매우 더웠다. 양쪽 전철 사이의 문에서도 사람들이 서성거리고 있었다. 그리고 벽에 붙은 많은 광고들. □□ 맥주 선전, △△ 식용유 선전 등 각종 광고들이 가을날 단풍처럼 울긋불긋했다.

이야기하는 사람, 웃는 사람, 잠자는 사람, 신문 보는 사람, 멍하니 서 있는 사람……. 사람들은 각기 자기 일에만 몰두하는 것처럼 보였다.

짐칸에는 가방, 다 본 신문, 짐보따리 등이 빼곡히 차 있었다.

스피커에서 낭랑한 여자 목소리가 들렸다.

다음 역은 부평, 부평역입니다. 내리실 문은 왼쪽, 왼쪽
입니다.

많은 사람이 내리고 탔다.

그 때였다. 홍겹고도 슬픈 하모니카 소리가 들려 왔다.
한 맹인이 내 앞으로 다가왔다. 그는 왼손에 바구니를 들
고 다른 손으로 하모니카를 부르고 있었다.

그가 다음 칸으로 건너갔다. 그 뒷모습을 보던 나는 문
득 잊었던 맹인 부부 모습이 떠올랐다.

4년 전, 내가 부천 상동 성당에서 복사(신부님의 옆에
서서 미사 때마다 도와주는 아이)를 할 때의 일이다.

언제부터인가 하얀 지팡이를 한 쪽 손에 들고 다른 손
에는 큰 성가책과 가방을 든 장님 부부를 보게 되었다.
그들은 제대(촛대와 성경을 놓고 신부님이 제사 드리는
곳)와 제일 가까운 맨 앞자리에 앉곤 했다.

그런데 장님 부부가 가지고 있는 책은 점자책이었다.
장님 남편이 점자책을 손으로 더듬으면서 아내의 귀에
조그만 소리로 속삭이면, 아내는 다른 사람과 같이 입을
벌리며 큰 소리로 성가를 부르는 것이었다.

드디어 미사가 끝났다. 나는 1시간 동안 입고 있던 복
사 옷을 벗고 계단을 뛰어 그들 부부를 쫓아갔다. 내가
다른 날보다 빨리 내려왔지만 그들은 이미 거기에 없었
다.

나는 집에 와서 그들 부부 얘기를 어머니께 해드렸다.
그러자 어머니는,

"아, 그 분들! 엄마도 저번 주부터 그분들을 보았단다.
집이 매우 가난해 자식들이 돈을 보낸다고 하던데……."

나는 주일날이면 평소와 같이 성당에 가서 복사를 섰
다. 맹인 부부가 있는 곳을 자주 힐끔거리면서. 그런데
약 두세 달쯤 지났을까, 그들 부부가 보이질 않았다.

3년이 지나, 나는 아버지의 사업 관계로 인천으로 이사
를 왔다. 어느 날 어머니와 함께 전철을 타고 가는데 사
이문 끝에서 성가 소리가 들렸다.

"주님은 나의 목자, 아쉬울 것 없노라……."

그들은 다름 아닌 장님 부부였다. 나는 깜짝 놀랐다. 어
머니도 놀라신 표정이었다.

아직도 하모니카 소리가 귓전에 맴돌고 있었다. 나는
그 날 전철에서 그분들께 인사를 드리지 못했다. 지금도
생각하면 후회스럽다. '찰랑!' 하고 던지는 동전 몇 닢보
다도 몇백 배 소중한 참사랑의 마음을 전해 드렸어야 했
는데.

참사랑이 무엇인지를 황치헌 군은 알고 있는 듯합니다. 세상이 메말라 가면서 사랑의 소중한 가치도 함께 사라지고 있다는 얘기를 잘 보여 주는 글입니다.

우리 집

장원익 (동산 중 3)

인천광역시 서구 가좌2동 진주 아파트 6동 807호. 언제 어디서라도 외울 수 있는 우리 집 주소이다. 35평에 방 3칸, 화장실 하나, 작은 방에 붙박이장이 하나 달린 구식 건물이다. 내가 언뜻 듣기론 지은 지 10년 정도 되었다고 한다. 그러나 여지껏 보수 공사 하는 것은 단 한 번도 본 적이 없다.

우선 현관문을 들어서면 어떤 아파트에나 그렇듯 주홍색 불이 들어오는 현관이 있다. 사실 한달 전까지만 해도 전선이 나가 있었다. 그런 것을 아빠께서 고친 지 채 3주일도 안 지난 요즘, 우리의 현관 불은 접속 불량 상태이다.

그리고 그런 현관 바로 옆으로 우리 집의 첫번째 방이 있다. 그 방은 거의 옷장과 같은 역할을 한다. 우리 가족은 겨우 세 명이기 때문에 방은 두 개밖에 필요치 않다.

그래서 우리는 작은 방 하나는 철 다른 옷을 넣어 두는 옷장 같은 곳이 되어 버렸다. 또 그 곳엔 나의 정겨운 어릴 적 사진이 있다. 3년째 온다고 해놓고 오지 않고 있는 컴퓨터 책상도 있다. 3월 13일까지 온다더니 약속을 또 깼다.

그 방을 정면으로 하여 내가 가장 좋아하는 장소인 거실이 있다. 거실에는 바퀴라와 관음죽 2종류의 나무가 싱싱하게 잘 자라고 있다. 그 옆으로 가끔 내가 누워 음악도 듣고 별밤도 듣는 소파가 있다. 산 지 4년 되는 황토색 소파이다. 가끔 책을 읽을 수 있는 쿠션이 되어 주고, 때론 내가 누워 잘 수 있게 침대가 되어 주는 그것은, 내게 첫번째로 친근한 존재이다. 소파 바로 앞에는 마리아와 예수상이 있고 오디오 그리고 십자가와 세계 여러 나라의 스푼들이 있다.

우리 거실에서 없는 것이 무엇일까? 바로 텔레비전이다. 4년 전 아빠가 구미로 출장 가실 때 가져 가셨다. 그 후론 '텔레비전 안 보니 대화가 많아지고 책도 많이 본다' 며 텔레비전 다시 사는 얘기는 꺼내지도 않는다. 그러나 나는 재미있는 TV 프로그램을 보기 위해 할머니(뒷동)댁과 가게(우리 가게)를 들락날락거리는 동방불패 같은 존재가 되었다. 나의 꿈은 영화 같은 곳에서 나오는 극장 스크린 같은 텔레비전을 사는 것이다.

그리고 그 거실 옆으로 우리 집 보물 식당이 있다. 식당에는 우리 집 가보(내 생각이다) 1호인 대형 냉장고가 있다.

식당 바로 옆에는 엄마 아빠 방이 있다. 그 곳은 작은 방인데 엄마께서,

"엄마, 아빠는 직장 나갔다 집에서는 그냥 휴식만 취하면 되니까 큰 방을 네가 써라."

하시며, 내게 큰 방을 주셨다. 엄마 방은 비록 크진 않지만 부모님의 온기를 느낄 수 있어 좋다.

부모님 방 바로 앞에는 내 방이 있다. 내 방문을 열면 문 뒤에 수줍은 듯 숨어 있는 나의 옷걸이가 있다. 나의 갖은 옷이 거기 다 있으니 숨어 있을 만도 하다. 그 옷걸이 뒤에는 나의 침대가 있다. 침대는 검은 색이고 파란 색 시트가 깔려 있다. 그리고 침대 옆에는 나의 책상과 책꽂이가 있다. 하루에 내가 자진해서 책상 앞에 앉는 시간이 몇 분일지 궁금하다. 아마 기껏해야 숙제할 시간 정도?

창문에는 어제 사 온 꽃이 한 송이 있다. 국어 책에 나온 '어린 왕자의 꽃'을 보고 나도 나의 꽃을 만들기 위해 산 꽃이다. 그리고 벽에는 온갖 다른 나라 깃발과 조단과 바클리의 덩크 장면의 화보, 그리고 야구 선수 데이비드 저스티스와 슈퍼볼 선수인 마리노가 있다. 야구 선수와

슈퍼볼 선수는 농구 선수인 데이비드 로빈슨과 샤킬 오닐은 사려다 잘못 산 것들이다. 그리고 슬램 덩크 주인공 그림이 붙어 있다. 꽤 어지러운 방이다.

내 방 뒤의 베란다에는 여러 종류의 화초가 자라고 있다. 여름철에 분무기로 물을 뿌리면 무지개가 생긴다.

엄마, 아빠가 가끔 싸우시면 엄마는 내게 아무 말씀도 안 하신다. 그것만 빼면 나는 이 행복한 우리 집에서 오래도록 살고 싶다.

글쓰기 · 독서 여행

장원익 군은 집안 사정을 구체적으로 설명하면서 가정의 소중함을 일깨웁니다. 좋은 글은 자세하게 쓰기만 하면 되는 것이 아니라, 거기에 자신의 주장이나 느낌이 같이 들어 있어야 합니다. 이 글이 그러한 것을 잘 보여 주는군요.

할머니께서 주신 선물

선우준상 (관교 중 1)

도시에서 사는 사람들은 힘을 잃었을 때 공기가 맑은 자연으로 간다. 자연 속에 있다 보면 잃어버린 힘을 되찾을 수 있기 때문이다. 그래서 우리 가족은 매달 두 번씩 김포에 있는 할머니 산소에 간다. 왕릉만한 산 밑에 있는 할머니 산소에는 작은 밭이 있다. 그 밭에는 애호박, 단호박, 꽃호박이 어른 손만한 잎을 뻗으며 넓게 퍼져 있다.

어머니께서는 올 봄에 또 고추 모종 700개를 심으셨다. 그리고 정성스럽게 그 많은 고추를 돌봐 주셨다. 이런 어머니 덕분에 우리 가족은 고추를 사는 일이 거의 없다.

사랑스러운 내 동생 웅상이가 심고 키운 붉은 고구마, 내가 가장 좋아하는 흰 수염이 난 키다리 옥수수 등이 있다. 또 사시사철 푸른 소철, 잣나무도 있다. 사과나무도 있었지만 작년 겨울 산소에 와 보니 이유 없이 잘려 있었다.

우리 산소 맞은 편에는 바다처럼 큰 논, 밭과 운동장만한 양계장이 있다. 그 양계장 때문에 언제나 닭똥 냄새가 난다. 하지만 그 냄새가 그리 싫지 않다.

기분 나쁜 것이 있다면, 옆에 있는 육군 부대와 점점 커져 가는 군인 사택이다. 인적이 드문 그 곳에서 우리가 정성들여 가꾼 열매가 가끔 없어지기 때문이다. 그래서 군인들에게 조금 의심이 간다. 또 작년에 새로 들어선 군인 사택이 점점 그 넓이를 확장시켜 간다. 계속 넓어져 가면 우리 할머니 산소에까지 군인 사택이 들어설지도 모르기 때문이다.

할머니 산소에서 아버지는 '슥슥' 낫으로 풀을 베신다. 벌초를 하고 나면 산소는 한층 더 산뜻해 보인다. 나와 내 동생은 불장난을 하며 모기를 쫓는다.

일이 끝나면 잔디 위에 돗자리를 깔고 고추, 상추, 오이로 맛있게 점심을 먹는다. 그러면 우리 가족은 힘차게 활기를 되찾는다. 난 우리가 이런 좋은 경험을 할 수 있는 것이 바로, 할머니께서 주시는 선물이라 생각한다.

문장이 부드럽고 자연스럽습니다. 글의 짜임새도 흐트러짐이 없이 아주 잘 되었습니다. '왕릉만한 산 밑에 있는 할머니 산소'와 같은 표현이 좋아요. '애호박, 단호박, 꽃호박' 등의 단어가 신선하고, 「할머니께서 주신 선물」이란 제목의 뜻도 잘 전달됩니다.

「동백꽃」을 읽고

김동욱 (동인천 중 1)

   옛날이나 지금이나 사랑의 감정은 같은가 보다. 옛날에도 사랑을 하는 방법은 많이 있었겠지만, 「동백꽃」에서의 사랑 방법은 유별나다.

   나의 닭을 점순이라는 여자애가 자기의 센 닭과 싸움을 시킨다. 점순이의 사랑 표현은 바로 이런 것이었다. 처음 읽었을 때만 해도 나는 이상한 여자애 다 보겠다는 생각을 했다. 다른 친구들도 나 같은 생각을 했을 것이다.

   예전에 나는 좋아하는 여자 친구에게 좋아한다는 말은 당연히 안 하고, 그냥 보기만 했다. 그런데 옛날에는 닭싸움에다 동백꽃 숲에 눕기까지 했으니, 사랑이 더 심하기까지 하다.

   내가 이 「동백꽃」에서 참으로 본받고 싶은 것은 '나'의 무식함이 아니고, 남의 닭을 패는 것도 아니고, 닭싸움을 구경하는 것도 아니다. 오직 노란 동백꽃 속에 눕는 것이다. 내가 좋아하는 여자 친구와 함께……

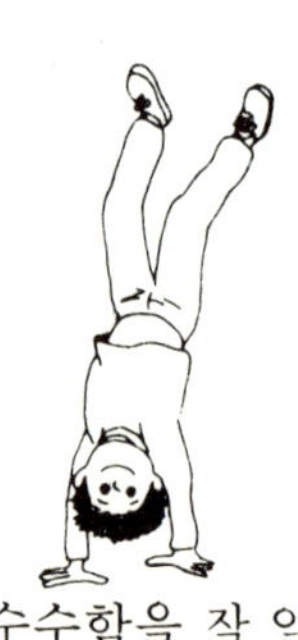

글쓰기 · 독서 여행

독후감의 제목을 '……을 읽고'라고 하면 너
무 단순하고 평범합니다. 하지만 마지막 문
장은 참 재미있습니다. 글쓴이의 순진하고
순수함을 잘 알 수가 있습니다. 누구나 숨기고 싶어하고 은밀
하게 하는 얘기를 김동욱 군은 솔직하게 잘 썼습니다.

「노화의 비밀」을 읽고

윤지욱 (동인천 중 1)

　지구상에 인류가 출현한 이래로 가장 큰 소망은 늙지 않고 건강한 삶을 누리는 것일 것이다. 성경책에 나오는 사람들이 수백 년을 살았다는 것에 비해 지금 사람들의 수명은 굉장이 줄어들었다. '사람은 왜 나이를 먹을까?' 나는 문득 이런 궁금증이 생겼다. 이 궁금증을 풀기 위해서 서점에 갔고, 그 곳에서 「노화의 비밀」이라는 책을 사게 되었다.

　노화를 일으키는 요인에는 크게 세 가지 설이 있다. '수명 프로그램설', '착오설', '교차 결합설'인데, 수명 프로그램설은 유전자의 어느 부위에 짜여진 프로그램에 따라 노화가 일어난다는 것이다. 착오설은 유전자가 복제될 때 유전자에서 정보가 잘못 전달되어 오랜 기간 동안 세포에 축적되면 세포의 정상 기능이 손상되어 노화가 일어난다는 것이다. 마지막으로 교차 결합설은 늙어

갈수록 여러 단백질 사이에 교차 결합이 생기는데, 이런 결합이 생기면 서로 얽혀서 단백질 분자가 활동을 못하게 되기 때문에 노화가 일어난다는 것이다.

나는 수명 프로그램설과 비슷한 생각을 하고 있었는데, 그 이외에도 많은 경우가 있는 것을 보고 놀랐다. 그리고 각설마다 명확한 근거가 있었기 때문에 어떤 것이 맞다고 결론을 내릴 수도 없었다. 이유를 알면 그 일을 해결할 수 있다. 만약 위의 가설들 중에서 맞는 것이 있다고 했을 때, 사람들은 엄청난 노력을 통해서 수명을 무제한 늘릴 수도 있을 것이다.

그러나 인간의 수명이 무제한이라면 과연 행복할까? 아마도 사람이 살아가고 싶은 의욕이 없어질 것이다. 그리고 결국 자살하는 사람이 생겨날 수도 있을 것이다. 그렇다면 지금 이대로가 낫지 않을까?

글쓰기 · 독서 여행

사람이 노쇠해지는 원인에 대한 여러 학설을 잘 정리하였습니다. 그에 대한 간단한 평가도 있어 좋습니다. 과학 서적의 독후감은 내용의 요약이 필수적이겠지요?

「메밀꽃 필 무렵」을 읽고

유현정 (구월 여중 1)

　요즘 X세대의 사랑은 일회용 사랑이다. 쉽게 만나서 편하게 헤어진다. 그런데 옛날 사람들은 한 번 마음을 주면 '일편 단심 민들레'였다.

　허생원은 평생을 이장, 저장을 떠도는 장돌뱅이로 살았다. 그는 젊은 시절 봉천 땅에서 성 서방네 처녀를 만난다. 하룻밤 사랑을 하게 되는데, 이십 년이 넘도록 그녀를 잊지 못한다.

　요즘도 이런 사람이 있긴 있을 것이다. 하지만 많은 사람들은 너무 쉽게 서로를 잊어버리는 것 같다.

　나에게 가장 감동을 준 부분은 두 곳이었다.

　'허생원이 극적으로 아들 동이를 만난다는 대목에서는 세월이 흘러도 만날 사람은 만나게 되는구나!' 하는 생각이 들었다.

　나는 메밀꽃을 보지는 못했지만, "……메밀밭이어서

피기 시작한 꽃이 소금을 뿌린 듯하다……."라는 대목에서 웬지 하얀 메밀꽃을 직접 보는 것 같이 느껴졌다.

X세대의 일회용 사랑과 허생원의 '일편단심 민들레'의 사랑은 어떤 차이가 있을까? 쉽게 만나 헤어지는 사랑이 어찌 허생원의 깊은 사랑에 비교가 되겠는가!

나는 친구들에게 조용히 얘기해 주고 싶었다. 꼭「메밀꽃 필 무렵」을 읽어 보라고. 그러면 '사랑은 일회용이 아니다' 는 걸 느낄 것이라고.

글쓰기 · 독서 여행

일회용 사랑과 책에서 보여 주는 사랑의 차이를 비교하여 좋은 독후감이 되었습니다. 그런데 정작「메밀꽃 필 무렵」에서의 사랑은 무엇인지가 잘 드러나지 않는군요.

사랑과 돈
—「백치 아다다」를 읽고

이지은 (구월 여중 1)

"초여름 산들바람……."

언젠가 나는 〈백치 아다다〉라는 노래를 들은 적이 있다. 이번 기회에 책을 읽고 나니, 이제야 조금 그 가사를 이해할 것 같다. 하지만 아다다는 꼭 돈을 버려야만 했을까? 하는 생각이 든다. 돈 때문에 사랑을 버림받은 아다다이기에 그랬겠지만, 돈이 없어서 사랑을 포기해야만 하는 여자도 있을 것이다.

여러 생각이 들지만, 아다다의 마음은 너무나 순결한 것 같다. 사랑보다도 돈밖에 모르는 사람들에 비하면 하늘과 땅 차이다.

"……아다, 아다, 아다, 아다다여!"

글쓰기 · 독서 여행

지은아!
백치 아다다의 노래 처음 부분과 끝 부분을
가지고 독후감을 써 보라고 선생님이 일러

도시 속의 전원 풍경

오형택 (관교 중 1)

우리 집은 수인선 산업 도로의 바로 옆에 위치한 동아 아파트이다. 맞은 편 팬더 아파트와의 사이에 길이 있다. 끊겨져 있어서 처음 들어와 본 차들이 많이 돌아 나오는 길이다. 이 길을 따라 들어가면 내 눈앞에 보이는 것이 전원 풍경이다.

제일 가까이 보이는 것은 역시 전원 풍경에 빨래야 뺄 수 없는 밭이다.

모종한 대파가 파릇파릇 보이고, 바람 따라 옥수수대가 휘청거린다. 좁은 밭 한 뙈기에 많이도 심어져 있다. 지금 놀고 있는 것처럼 보이는 밭에는 김장 준비로 채소씨가 뿌려져 있다. 밭이랑 옆 논둑길에서 잠자리를 잡는 아이들 모습이 정겹게 느껴진다.

또 빼놓을 수 없는 것 중의 하나가 논이다. 여름 밤 논에서 들려 오는 개구리 소리! 시끄럽다고 싫어하는 사람들도 없진 않겠지만, 내게는 요즘 신세대 가수들의 노랫소리보다 몇 배나 더 훌륭하게 들린다.

논과 밭은 교외로 조금만 나가도 볼 수 있지만 막상 내 주위에 있으니 보면 볼수록 친근감 있게 느껴진다. 지금은 8월이다. 한 달 정도만 있으면 황금 물결이 출렁거려 기막힌 풍경이 될 것이다.

논과 밭 뒤에는 언덕이 있다. 전체적으로 낮지만 길어서 논과 밭을 둘러싸고 있다. 거의 대부분에 수양버들과 밤나무가 심어져 있다.

북동쪽 언덕에는 크진 않지만 또 작지도 않은 무덤이 있다. 두 개가 있는 것을 보니 할아버지와 할머니께서 계신가 보다. 대개의 사람들은 무덤이라 하면 좋지 않게 생각을 한다. 하지만 죽음들이 있기에 삶들이 있고, 삶들이 있기에 죽음들이 있지 아니한가? 그래서 나에게는 무덤들이 자연의 일부로서 또 다른 생명으로까지 느껴지기도 한다.

동쪽에는 빨간 지붕을 가진 기와집이 있다. 버드나무 줄기에 가려져 다 보이지 않아서인지 유난히 신비스러워 보인다. 김 매는 아주머니, 밭을 갈고 씨를 뿌리는 아저씨. 모두 그 집에서 산다. 무덤 속에 계시는 할아버지, 할머니께서도 옛날 그 집에 사셨을런지 모를 일이다.

도시를 상징하는 색이 회색이라면 자연의 색은 녹색이

다. 회색처럼 어둡고 탁한 색 속의 녹색은 더욱 밝고 맑
게 보인다. 도시 속에 있는 전원 풍경이라서 한층 경이롭
고 아름답게 느껴지는 것일까.

글쓰기 · 독서 여행

삭막한 도시 속에 전원의 풍경이 있어 아름
답다는 글입니다. 그런데 아름다운 풍경을
아름답다고만 하면 읽는 이가 실감 있게 느
끼기 힘들지요. '아름답다', '훌륭하다' 란 말보다 구체적으로
묘사하는 것이 중요합니다.

어른들은 몰라요

원문정 (도화 여중 1)

국민학교 때 일이다. 내 친구 연희네 집은 부자였다. 연희는 옷도 예쁘고 학용품도 좋은 것만 가지고 있었다.

월요일 아침이면 친구들은 연희에게 갔다. 연희가 일요일에 백화점에서 사 온 물건들을 학교로 가져 왔기 때문에 아이들은 연희의 물건을 구경하러 간 것이었다. 분홍색 머리핀, 청색 모자, 금빛 나는 샤프 펜슬 등이었다.

"야, 저기 색연필 좀 봐. 80가지 색이나 있어."

"저기 모자도 예쁘다."

"연희야, 나 머리핀 하나만 주라. 응?"

친구들이 달라고 하면 연희는 방긋이 웃었다. 그러면 친구들은 좋아서 '와아' 하고 함성을 질렀다.

나는 연희를 항상 부러워했다. 하지만 연희는 내가 더 부럽다고 했다. 그 때 연희가 나를 놀리는 줄 알았다. 하지만 지금은 연희가 왜 그랬는지 이해가 간다. TV에 나오는 것처럼 연희의 부모님은 바쁘셔서 연희를 돌봐 주시지 못했다. 무조건 돈으로 연희의 마음을 달래어 주고 위해 주는 것이었다.

운동회 때 연희는 점심을 사 먹었다. 내가 왜 사 먹느냐고 물으니까, 연희는 알 것 없다고 했다. '왜, 엄마와 점심을 안 먹을까? 왜 그럴까?' 생각하다 그 이유를 알았다. 연희 어머니가 바쁘셔서 운동회 때 못 오신다고 했기 때문이었다. 연희가 불쌍했다. 연희네 부모님이 미웠다. '돈이면 다' 라고 생각하는 연희 부모님이 너무 한심했다.

어른들은 모른다. 요즘 우리들에게는 부모님의 사랑이 필요하다. 어른들은 우리들이 돈을 좋아하는 줄 안다. 하지만 어른들의 생각은 틀리다. 우리가 어른들에게 바라는 것은 돈이 아니다. 바로 우리들에게 관심을 가져 주고 사랑으로 보살펴 주는 것이다. 어른들이 우리에게 관심만 가져 준다면 비행 청소년도 없어질 것이다. 또, 우리 사회도 한층 밝아질 것이다.

'어른들은 돈이면 다라고 생각한다' 란 주장을 담고 있습니다. 참사랑이란 무엇인지를 일깨우는 글입니다. 여러분들도 참사랑에 대해 깊이 생각해 보세요.

X세대

류영배 (상인천 중 2)

언젠가 동인천역 주변을 친구들과 지나가던 중 여자 셋이서 노출이 심한 옷을 입고 지나가는 것을 보았다.

배꼽 티셔츠(배꼽이 다 드러나 보이는 아주 짧은 티셔츠)와 초 미니스커트(무릎 위로 23㎝ 이상 올라가는 치마)와 등이 반 이상 드러난 꼭 끼는 티셔츠를 입었다.

내 친구들의 입에선,

"초여름에 웬 노출?!"

"와, 캡이다."

"와, 대단하다."

등등의 함성이 터져 나왔다.

우리는 그 여자들이 사람들 속으로 사라질 때까지 시선을 떼지 못하고 뒷걸음질 쳤다.

요즘 어른들은 신세대 걱정을 많이 하시는 것 같다. 그러나 김건모, 룰라, 듀스, 투투 등의 X세대 가수들이 입

는 옷차림은 어떤가? 그런 분위기의 TV 프로그램을 만
든 사람들이 누구인가?

한달 용돈이 천여만 원이고 외제 승용차를 타고 다니는
오렌지족, 한달 용돈 수백만 원에 고급 승용차를 타고 다
니는 낑깡족, 한달 용돈 수십만 원대에 중형차를 몰고 다
니는 귤족 등등…….

또 고급 승용차를 타고,

"야, 타!"

라고 외치며 밤거리를 누비는 야타족 등…….

점점 이상한 세상이 다 되어간다.

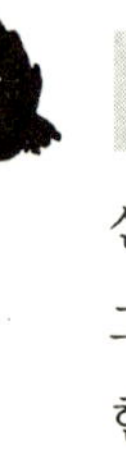

글쓰기 · 독서 여행

신세대의 잘못된 점을 잘 지적하였습니다.
그런데 자기 주장이 부족하군요. '점점 이상
한 세상이 되어간다'라고 끝을 맺었는데, 좀
더 깊게 생각하면 해결책도 찾아지지 않을까요? 좋은 글을
쓰려면 깊은 사고를 해야 합니다.

내 걱정

문종석 (관교 중 2)

"와, 예쁘다."

"저 여자는 더 예쁘다."

나는 짧은 미니스커트와 배꼽티를 입은 여자들을 보면 이렇게 말한다.

요즘 들어 환상적인 여자들을 많이 본다. 여름은 남자들의 낙원 같다. 점점 짧아만 가는 미니스커트에 아슬아슬한 옷을 입은 여자들 천지다. 그래서 나는 정면으로 보지 못하고 곁눈질로 슬쩍슬쩍 다리를 훔쳐본다.

또 한 번,

"와, 죽인다! 캡이다!"

라고 감탄사가 계속 나온다.

나는 그렇게 여자를 밝히는 편은 아니지만 요즘 신세대 여자들은 나를 '뿅' 가게 만든다.

'나도, 저 여자랑 결혼했으면……'

하는 생각도 하게 된다.

그러나 걱정이 하나 있다. 이쁜 여자들이 너무 많아서 누굴 선택할까 걱정이다.

글쓰기 · 독서 여행

재미있는 글입니다. 결국 문종석 군의 걱정은 예쁜 여자들이 너무 많아서 탈이다는 거군요. 하하하. 그러나 신세대는 모두 예쁘다는 말은 아닐 것입니다. 재미있는 글이지만 읽는 이에게 여러 가지 생각거리를 주지는 못합니다. 좋은 글은 사람들에게 재미를 주기도 해야 하지만, 감동이나 생각거리를 주기도 해야 합니다.

「바보 이반의 이야기」를 읽고

윤지욱 (동인천 중 1)

나는 '바보'라면 언제나 손해만 보고 어리석은 무능력한 사람이라고 생각했다.

그러나 「바보 이반의 이야기」를 읽은 후부터는 바보에 대한 나의 생각이 바뀌었다.

이반이 형님들이 요구하는 재산들을 고스란히 줄 때 오히려 내가 더 분했다. 그러면서도 이반이 '바보같다' 라는 생각보다 '착하다, 우애가 깊다' 라는 생각이 들었다.

또 마귀가 이반이 농사 짓는 것들을 어렵게 해 놓았을 때 이반이 끝까지 일을 완성시킨 것을 보고는 바보들은 '인내심이 강하다' 라는 것을 알았다.

나는 착하고 인내심이 강한 이반을 끊임없이 괴롭히는 마귀들이 정말 나쁘게 생각됐다. 또 이반에게 신세를 지면서도 이반을 못마땅해 하는 형님들은 더 나쁘다고 생각했다.

이반이 마귀에게 얻은 약초로 공주의 병을 고치러 가던 도중에 어떤 여자 거지에게 약초를 주었다. 그러나 그가 궁전에 도착하자, 공주의 병이 낫는 것은 하늘이 그에게 내린 선물인 것 같다.

결국, 이반 덕택에 세 형제가 모두 왕이 되었으나, 마귀 왕이 군인, 장사꾼으로 변해서 이반 형들의 나라로 들어가 멸망시킨다. 이것은 두 형제에 대한 하늘의 심판일 것이고, 이반의 나라만이 망하지 않은 것은 하늘이 그에게 내려 준 두번째 선물일 것이다.

선은 언제나 악을 이기기 마련이다.

약고 간사한 삶을 사는 형들보다 착하고 인내심 있게 사는 이반의 삶이 훨씬 훌륭할 것이다.

지욱이는 책의 핵심 파악을 아주 잘했어요.

이루어질 수 없는 사랑
—「벙어리 삼룡이」를 읽고

김성민 (관교 중 1)

사랑이 꼭 이루어져야만 아름답다고 생각하지 않는다. 오히려 이루어지지 않아도 더 진실한 사랑이 있다. 서양에 '로미오와 줄리엣'이 있다면, 한국에는 '벙어리 삼룡이'가 있다.

벙어리 삼룡이는 절대 해서는 안 될 사랑을 했다. 옛날에는 상민이 양반을 사랑할 수 없었는데, 거기다가 벙어리가 이미 남의 부인이 된 여자를 사랑하다니.

하지만 매일 구박만 하고, 머리채를 쥐어 잡아 마루에 던지는 남편의 사랑은 진정한 사랑이 아니다. 거기에 비해 삼룡이의 목숨이라도 아끼지 않는 사랑이야말로 용기 있는 사랑이다.

나는 삼룡이가 불길 속에서 색시를 안고 지붕으로 올라가는 장면에서 불처럼 뜨거운 무엇을 느꼈다. 벙어리 삼룡이는 이루어질 수 없는 사랑을 했던 것이다.

글쓰기 · 독서 여행

정말 이루어질 수 없는 사랑이었을까요. 벙어리 삼룡이가 양반 아씨를 사랑하게 된 것이 잘못일까요? 아니면, 사랑을 막아 버린 사회가 문제였을까요?

「운수 좋은 날」을 읽고

이용석 (관교 중 1)

얼마 전 우리 할머니는 고추를 말리시다가 옥상에서 떨어져서 안타깝게 돌아가셨다. 돌아가시기 전에 응급실 밖에 계시던 아버지는, 사람은 언제 사고를 당할지 모른다며 언제나 조심해야 한다고 하셨다. 죽음이란 언제 어디서 닥쳐올지 모른다. 그 때, 나는 가까운 사람이 죽었을 때의 슬픔을 알 수 있었다.

현진건의 「운수 좋은 날」에 나오는 인력거꾼 김첨지의 슬픔을 알 것 같다. 겉으로는 냉담했지만 속으로는 사랑하는 아내의 죽음을 참으로 안타까워했을 것이다.

물론 아내가 설렁탕을 못 먹어서 죽은 것은 아니지만, 김첨지가 조금만 일찍 설렁탕을 가져 갔더라면 부인의 소원이라도 들어 주었을 텐데. 김첨지는 죽은 아내에게 설렁탕을 먹이고 싶었을 것이다. 어떤 것이든 구해서 살리고 싶었을 것이다.

　가족의 중요성을 평소에도 느낄 수 있지만, 가족 중의
한 사람이라도 없을 때 그 가족의 중요성을 절실히 느낄
것이다.

용석이는 참 슬픈 일을 겪었군요. 이렇듯 독
후감은 겪은 일과 글 내용을 섞어서 쓸 수
있습니다.

「부활」을 읽고

한경석 (관교 중 2)

네흘류도프와 카츄샤 간의 사랑, 갈등, 고뇌가 흥미로웠다.

카츄샤는 미모가 뛰어난 매춘굴의 여자다. 억울한 누명을 쓰고 시베리아까지 유형을 가게 되는데, 네흘류도프는 누명을 벗기기 위해 썩은 냄새가 나는 감옥을 오가며 노력을 한다. 그 진정한 사랑에도 불구하고 카츄샤는 왜 다른 사람과 결혼을 했을까? 네흘류도프를 위해서 그랬겠지만, 하무한 사랑이다.

「부활」을 읽고 나니 왠지 마음 한 구석이 허전했다. 부활은 꼭 어떤 희생 속에서 이루어져야만 하는지. 카츄샤와 네흘류도프의 사랑이 이루어졌다면 어찌 됐을까?

책의 내용이 잘 드러나지 않는군요. 책의 내용과 자기의 느낌이나 생각을 적절하게 섞어서 표현하는 게 좋습니다.

참다운 인간 관계란?

―「노인과 바다」를 읽고

원 문정 (도화 여중 1)

바닷가에서 쓸쓸히 고기잡이 하는 노인을 보며 나는 굳은 의지를 배웠다. 어부가 고기를 잡듯, 학생인 나는 공부를 해야 한다. 그러나 과연 나는 공부를 열심히 했었나? 하는 의문을 갖게 된다. 노인은 자기가 어부인 만큼 고기잡이에 충실했다. 이러한 노인에게 우리는 자기가 맡은 일을 열심히 해야 한다는 점을 배울 수 있다.

또한 사람과 사람의 애정이란 쉽게 될 수 있는 것이 아닌 것에도 불구하고 이 작품에서는 애정을 노인과 소년으로 표현하여 실감이 났다. 서로가 서로를 위하는 노인과 소년에게 참다운 인간 관계에 대하여 배울 수 있는 우리는 우선 이웃 사촌과의 좋은 인간 관계를 이루어야 할 것이다.

글이 너무 짧은 것이 흠입니다.

휴양의 나라 괌

김경민 (인화 여중 2)

자고 있는데, 갑자기 향숙이 언니가 나를 깨웠다.

"저기 좀 봐, 저게 다 바다야!"

여기는 괌. 나는 일행 아홉 명과 함께 힐튼 호텔에 묵고 있다.

어제 밤에 괌 국제 공항에 도착했는데, 괌은 한국보다 한 시간 정도밖에 빠르지 않아서 시간 때문에 불편한 점은 없었다.

이곳 원주민 차모로 족은 관광객들에게 매우 친절하다. 흔히 생각하는 야만인이 아닌 문명인들이다. 그들은 도로에서 느긋하게 우리가 건너가는 것을 기다린다. 하지만 우리 나라 사람들은 항상 '빨리, 빨리'이다. 차모로 족도 빨리, 빨리란 말을 안다고 하니…….

둘째날은 시내 관광을 했다. 사랑하는 두 연인이 머리를 묶고 떨어진 사랑의 절벽, 새벽에 술을 마시고 들어와도 아무도 나무라지 않는 주지사 본관, 일곱빛 색이 나는 바닷가를 볼 수 있는 전망대 등을 둘러봤다.

그러나 경치는 제주도보다 못했다. 괌은 관광의 나라가 아니라 휴양의 나라라는 가이드의 말을 다시 생각하지 않을 수 없었다. 세계에서 공기가 제일 맑은 곳, 뻥뻥 뚫린 도로. 편안하게 휴양할 수 있을 것 같았다.

다음날은 명경지수 같은 바다에서 해수욕을 했다. 어찌나 맑은지 수경을 통해 해삼과 파란 불가사리가 보이는 게 아닌가!

오후에는 '선셋 크루즈'라는 배에서 저녁도 먹고 춤도 췄다.

괌에는 일본인이 참 많았다. 괌 경제권 90%를 쥐고 있다고 한다. 안내원들도 일어를 상당히 많이 알고 있었다. 그리고 놀란 일이 있었는데, 일본인들이 춤을 추는데 한쪽에서 추면 다 따라 했다. 무서운 단결심이었다.

마지막 날은 잠수함을 탔다. 노란색 바탕의 검은 줄무늬, 입이 삐죽 나온 물고기, 모양도 색깔도 가지각색이었다. 우리 나라 해안에서는 이런 물고기들을 볼 수 있을런지……

호텔로 돌아가서 짐을 꾸리고 공항으로 향했다. 비행기 속에서 붉은 노을을 보았다. 탐스러운 포도빛, 동백꽃의 진한 다홍색에서 다음엔 붉다 못해 거무스름한 노을. 우리가 한국으로 돌아가는 것을 환영해 주는 듯했다.

　외국인이랑 그럴듯한 대화 한마디 못했지만 지금까지 지낸 4일은 결코 잊을 수 없을 것이다.

글쓰기 · 독서 여행

왜 사람들이 휴양의 나라라고 하는지를 깨달은 것이 좋습니다. 하지만 여행지에서의 느낌이 없어서 딱딱하기만 합니다. 기행문은 부드럽고 풍성한 감상이 있어야 합니다.

우리가 갈 길

장원익 (동산 중 3)

기원전 2333년 전 단군은 아사달에 도읍을 정하였다. 그리고 지금 우리는 민족의 5000년 역사를 자랑하며 이 시대를 살고 있다. 우리는 그런 5000년의 세월 동안 얼마나 많은 위인들을 보냈는가? 그들은 모두 우리 역사 한장 한장에 손때를 남기시고 간 분들이다. 정약용이나 최치원은 나라 정치의 큰 대들보였고, 우리들의 조상이 만든 해시계, 물시계, 측우기는 우리 나라 과학의 보배스러운 물건들이다.

우리 나라의 과학은 정치와 많은 관계가 있다. 세종 대왕처럼 과학과 학문에 관심이 있는 왕은 과학을 발달시킨 반면 흥선 대원군처럼 봉건적 군주는 도리어 과학 문명을 쇠퇴시켰다. 그러나 다행히 우리 나라에는 학문 연구에 열성인 왕이 많았기에 지금 정도의 부국을 누릴 수 있으리라 생각된다.

　20세기 세계의 여러 나라들이 과학 기술로 부국 강병을 누리고 있다. 그 적당한 예로 일본을 들 수 있다. 50년 전 우리는 일본 밑에서 치욕적인 식민지 삶을 살았다. 그 때 우리가 엽총을 겨우 만들 때 그들은 대포를 만들고 반도체를 만들었다. 일본은 1945년 8월 14일, 우리 나라에서 돌아가면서 이런 말을 남겼다.

　"30년 후에 보자. 다시 지배해 주마."

　50년이 지난 지금, 우리 나라는 정말 일본에 지배를 당하고 있다. 아이들은 '소니' 라디오라면 우러르고, 우리 나라 히트 상품은 거들떠도 안 본다. 또 어른들은 어떠한가.

　"역시 TV, 라디오는 일본이야!"
하며, 일본을 추켜 세운다. 이런 말도 있다.

　"싼 게 비지떡이야, 국산품이 다 그렇지 뭐."

　왜 우리 나라 민족이 우리 나라의 물건을 배척해야 하는가? 사실 우리는 그럴 수밖에 없는 입장에 있다.

　일본은 과학 기술이 발달하였다. 연결과 접속 모두 불량률 0에 가깝게 만든다. 일본의 반도체 기술은 어떨까? 세계 최고이다. 우리 나라는 불량률 3~4%, 거기에다 디자인까지 좋지 않아 세계 시장에선 뒷전일 수밖에 없다.

　며칠 전, 신문에 일본에 관한 칭찬의 글이 실렸다. 일본은 칭찬들을 만하다. 그들의 과학 기술은 세계 최고이다. 그리고 일본은 GNP가 세계에서 세번째 안에 든다. 그렇다면 일본의 국민들은 모두 재벌처럼 펑펑거리고 살까? 그렇지 않다. 그들은 집을 한 채 사기 위해 3대가 돈을 부어 나간다. 그리고 그들이 영위하는 많은 편리한 과학 문명의 혜택이 거의 공짜라는 점이다. 또, 다른 예로 미국을 들 수 있다. 미국은 세계 최강대국의 하나로 지상 낙원이란 말은 만민이 알고 있을 것이다. 그러나 그들에겐 80%가 그들의 집이 없다. 거기에다 대부분은 장농과 침대까지 임대라고 한다. 이 두 나라에 비하면 우리 나라는 재벌들의 나라인 것이다.

신문에 '한국은 너무 빨리 샴페인을 터뜨렸다'라는 기사가 있었다. 우리 나라는 너무 빨리 샴페인을 터뜨린 것이다. 일본과 미국 등 여러 과학이 발달한 나라 정도가 되었을 때 터뜨릴 것을. 그렇지만 그것은 마지막 축하의 샴페인이 아니었다. 그것은 우리 민족의 과학 발전과 계속적인 번영을 위한 격려의 샴페인인 것이다.

한국인이여, 다시 한 번 비상하여 그 위에 누구도 없는 곳에서 제2의 샴페인을 열정적으로 터뜨리자.

첫 문단의 내용과 글 전체의 내용이 일치하지 않습니다. 첫 문단에서는 우리 나라 역사에 이름을 남긴 위인을 주로 얘기하고 있으나, 글의 대부분은 과학을 발전시켜야 한다는 주장입니다. 주장하는 글에서는 내용을 일관되게 해야 합니다.

민족 과학의 발달

김경민 (인화 여중 3)

1세기 전만 해도 과학을 중인이나 상인들이 살아가기 위한 일개 수단으로밖에 여기지 않았다. 사대주의에 젖은 양반들은 붓글씨나 그림 그리기를 즐겼을 뿐 과학을 천대했다. 그러나 그 때에도 지금까지 존경받는 실학자가 몇 있었다. 대표적인 실학자로 다산 선생을 들 수 있다.

그의 업적은 실로 놀라운 것이었다. 농민들의 고통을 조금이라도 덜어 주려고 솜 타는 기계를 만들기도 하고, 수원성 축조에 기중기를 이용하기도 했다. 비록 그 때는 지금보다 더 과학이 발달하진 않았지만 우리 것을 잃지 않은 독창적인 정신이 있었다.

오늘날은 과학이 급속도로 발달되었고 모든 국가가 중요시한다. 얼마 전 한국에서도 엑스포가 열렸다. 상표가 우리 것인 것은 많았지만 기술이나 재료는 대부분 외국에서 수입한 것이다.

시중의 과학 서적도 외국 것을 그대로 번역만 해서 출판한 것이 적지 않다. 아무리 서양 기술이 발전했다 해도 그것 모두가 동양인에게 맞는 것은 아니다. 우리 나라도 우리 나라 고유의 민족 과학을 발전시켜야 한다. 그래서 서양 여러 선진국 못지않은, 현대 과학과 우리 전통이 조화된 나라를 만들도록 하자.

글쓰기 · 독서 여행

서구 문물에 익숙해진 세상에 대해 꼬집는 내용입니다. 주체성을 가지고 과학을 발전시켜야 한다는 것이지요. 그런데 서론 · 본론 · 결론의 구분이 뚜렷하지 않습니다. 이 글을 쓰는 동기나 목적을 먼저 밝히고, 본문을 잘 정리하여야 합니다. 그런데 김경민 학생은 글의 핵심만 쓰고 있습니다.

글쓰기를 배우는 데 있어서 가장 좋은 방법 중의 하나는 제1권에서 말하는 것과 같이 다른 사람의 글을 꼼꼼히 읽어 보는 일입니다.

특히 어른들의 글만이 아니라 비슷한 나이의 학생들이 쓴 잘된 글을 읽는 것은 글쓰기는 물론 사고력을 기르는 데도 도움이 될 것입니다.

거기에 속한 좋은 책으로는,『청소년 문학상 수상 작품집 1, 2, 3』(문학사상사), 『나도 쓸모 있을걸』(창작과 비평사) 등이 있습니다.

『몽실 언니』, 『오세암』, 『사람은 무엇으로 사는가』, 『진달래가 된 소년』, 『야구빵 장수』, 『 그림 없는 그림책』도 꼭 읽어 보세요.

인간의 산

♣ 큰 산, 작은 산, 바위, 돌멩이 하나, 풀 한 포기도 다
산입니다.

♣ 큰 산을 이룬 사람들은 자기만을 위해 살지 않았습니다.

♣ <위인 전기 전집>에 나오는 모든 사람들이 다 큰 산은
아닙니다. 아직 잘 알려지지 않은 큰 산들이 있습니다.
그분들은 오히려 큰 산이 되려 하지 않았습니다. 다른
산들의 가장 작은 언덕이고 싶어했습니다.